너와 만날 수 있었던 4%의 기적

four percent of anything

—

히로세 미이 장편소설

주승현 옮김

제우미디어

✣ 편집자 주 : 원활한 전달을 위해 교토 사투리는 표준어로 번역하였으며,
작중 사투리의 직접적인 언급은 억양의 차이로 표현하였습니다.

너와
만날 수 있었던
4%의 기적
히로세 미이 지음 ◦ 게미 일러스트
주승현 옮김
JMbooks

CONTENTS

"진화는 실패일지도 몰라."

정취 있는 거리를 바라보고 있자니,
문득 위에서 목소리가 들려왔다.
나는 목소리가 난 쪽을 올려다봤다.
달빛을 받아 그늘진 누군가의 옆얼굴이
어슴푸레하게 빛나는 돌바닥 길을 쳐다보며 말했다.

"세상은 4%밖에 없는데 말이야."

제1장

"아카리, 듣고 있어?"

"응?"

"그거 봐, 또 안 듣고 있네."

"미, 미안."

"뭐, 상관은 없지만. 이제 익숙해졌으니까."

그렇게 말하며 다정하게 미소 짓는 건 연인인 카나데다.

키가 크고 스타일이 좋으며 온화한 성격인 그. 웃으면 길쭉한 눈매 끝이 살짝 처져 상냥한 얼굴이 된다.

우리는 대학 캠퍼스에서 만났다.

도쿄에 와서 두 번째로 맞이하는 봄이었다. 봉긋하게 솟아 주위보다 살짝 높은 잔디밭 위에 서서 하늘하늘 떨어지는 벚꽃 잎을 올려다보는 내게 그가 말을 걸어 왔던 것이 시작이었다.

첫인상은 비슷한 나이일까…… 그렇게 생각했는데, 이야기를 나눠보니 실제로는 두 살 위였던 데에 몹시 놀랐던 것을 잘 기억하고 있다.

우리는 대학 2학년 봄부터 내가 25살이 된 지금까지도 사귀고 있다.

"오늘은 무슨 생각을 하고 있었어?"

내 안 좋은 버릇을 화내지도 않고 들어주는 그이, 카나데는 무척이나 상냥하다. 그의 옆에 있으면 마음이 편하다. 이 사람을 좋아하게 되어서 정말로 다행이다.

"꿈에 관해서."

"꿈?"

"최근에 자주 꿈을 꿔."

"어떤 꿈?"

"누군가랑 뭔가를 이야기하고 있어."

"잘 모르겠네."

그렇게 말하고는, 그는 아름답게 미소 지었다.

"잘 모르겠지?"

"응. 무척."

"그도 그럴 게, 나도 모르겠는걸."

꿈속에서 보는 세상은 언제나 생생해서 그곳이 자신이 사는 세상이라고 믿어 의심치 않는데, 눈을 뜨면 그건 먼 기억이 되어 이윽고 사라져 간다.

그건 어떤 꿈이든 똑같다고 생각하지만.

그래서 마음에도 두지 않고 있었다. 꿈을 기억할 수 없다. 그건 평범한 거라고 생각하고 있었다.

"장소는?"

옆을 걷는 그가 살며시 말했다.

"장소라……."

나는 미간을 찌푸리며 생각했다. 장소를 떠올리다니, 생각해본 적도 없었다.

"그것도 모르겠어?"

"으음~ 그러니까."

"뭐가 보였어?"

그가 다정하게 물었다.

그의 침착한 어조에는 마법이 걸려 있다고 언제나 생각한다. 안아 올리는 것처럼, 건져 올리는 것처럼 내 이야기를 듣고, 때로는 이끌어 준다.

치마가 북풍에 하늘하늘 나부낀다. 눈이 조금씩 내리기 시작했다.

꿈을 떠올리고 싶어진 나는 그 자리에 멈춰 섰다.

그런 나를 보고 모든 것을 깨달은 것처럼 조용히 미소 지은 카나데는 내 손을 잡고, 조금 걸은 뒤 아무도 없는 건물의 처마 밑에 몸을 기댔다.

"괜찮아."

"어?"

"떠올리고 싶어진 거지?"

"응. 고마워."

그렇게 말한 뒤, 나는 천천히 눈을 감았다.

숨을 깊게 들이마시자 겨울바람이 몸 안의 열을 빼앗아 갔다. 몸이 차가워지자 뇌가 각성하는 것만 같다.

손끝이 차가워졌을 무렵, 꿈이 영상 필름처럼 떠오른다.

경치가 천천히 색으로 물들기 시작했다.

감은 눈 안쪽에서 밤하늘로부터 곧바로 떨어지는 것처럼 가지를 늘어뜨리는 버드나무가 보였다.

버드나무 아래에는 졸졸 흐르는 시내가 있다.

우리는 함초롬하게 젖은 돌바닥 위에 서 있고, 어디선가 또각또각하고 나막신을 울리는 소리가 들려온다.

짧은 다리. 연이어지는 신사의 붉은색 울타리. 그 안쪽에는 석조 토리이…….

그곳에 서 있는 건 고등학생인 나와 키가 큰 남자.

달밤에 빛나는 회색 눈동자가 이쪽을 보고는,

"아카리."

내 이름을 불렀다.

"왜 안 온 거야! 계속 기다렸는데!"

고등학생인 나는 그에게 바짝 다가가서 말했다.

남자의 얼굴은 그림자가 져 있어 잘 보이지 않는다. 보이는 건 살짝 열린 입술부터 그 아랫부분뿐이었다.

"아카리는…… 여전하구나."

"응?"

그는 고개를 갸웃하는 내게 입꼬리를 올려 미소 지었다.

꿈속에서 보는 영상은 몇 번이나 재생되어 늘어난 비디오테이프처럼 색이 바래고, 군데군데 흐려져 보였다. 그리고 그 꿈은 때때로 뚝 끊겼다가 다시 돌아와서는 다른 장소를 보여주었다.

언제나 그랬다. 내가 최근에 자주 꾸는 꿈은 같은 장소를, 이어지는 스토리를 길게 좇을 수 없다. 그래서 어떤 꿈을 꾸고 있었는지 기억할 수 없는 것이다.

무척이나 짧은, 한순간 한순간을 찍은 듯한 꿈을 연결하려 해 봐도 나는 그 기억을 유지할 수 없었다.

하지만 오늘은 카나데가 있다.

그가 있다고 생각하면 어떤 것이든 극복할 수 있을 것 같은 느낌이 든다.

나는 카나데의 손을 꼭 쥔 뒤, 다시 한번 깊숙이 눈을 감았다.

뇌리에 영상이 비친다.

흐릿했던 그림이 선명한 영상이 되어 나타났을 때 보인 영상은 조금 전과는 다른 장소였다.

그곳은 사람들로 붐비는 밤의 버스 안.

버스 안에 붙여진 포스터가 보인다.

낯익은 좌석을 보고 '이 버스는 많이 타서 익숙한 시내버스구나'라는 생각이 들었다.

고등학생인 나는 창가 자리에 앉아 있었고, 옆자리에 앉아 있는 건 언제나 나와 함께 있는 그였다.

그의 발아래에는 하얗고 큰 종이봉투가 있다.

두 사람은 무언가를 이야기하고 있다.

"……그건, 꿈이 없네."

고등학생인 나는 옆에 앉은 그를 향해 슬프다는 듯이 중얼거렸다.

그는 그런 나를 보고 살며시 웃은 뒤 대답했다.

"뭐, 그거야 그렇긴 하지만 말이야. 그런 수학적인 사고 방식으로 우주를 보는 학자가 있다는 이야기지."

"그래도 모든 것에 통하는 건 아니지 않아? 예를 들면, 사람은? 완전히 똑같은 사람이라는 건 없잖아? 전부 다른 사람이야."

무슨 이야기를 하고 있는 것인지는 알 수 없었지만, 나는 귀를 기울이고 두 사람의 대화를 듣고 있었다.

"그 학자의 생각으로는, '모든 사람에게는 자기 자신을 복제한 것 같은 인간이 있고, 먼 우주 어딘가에 숨어 있다'라는 것 같아."

그의 말에 놀라움을 느낀 순간, 천천히 가고 있던 버스가 속도를 높여 빠르게 달리기 시작했다.

버스가 정차하여 고등학생인 우리가 황급히 내린 장소는 역시나 본가 근처의 버스 정류장이었다.

버스에서 내려 어둠 속에 남겨진 우리들.

어슴푸레하게 반짝이며 빛나는 아름다운 밤 속에 그가 있었다. 밤인데도 그의 모습이 잘 보인다.

가로등이 끊긴 밤중의 길인데도, 어째서 이렇게나 그의

표정이 잘 보이는 걸까……?

그런 생각이 들어 자세히 바라보자, 우리 머리 위에서 커다란 보름달이 빛나고 있는 게 보였다.

보름달에서 희미한 빛이 반짝반짝 떨어지고 있다.

본 적 없는 색으로 세상을 비추고 있었다.

그 보름달의 색은…….

"아……."

"어땠어?"

기억이 끊기고, 나는 카나데가 있는 현실로 돌아왔다.

띄엄띄엄 보고 있던 꿈을 떠올리고, 그 꿈이 흐릿하게 이어진 것을 알 수 있었다.

꿈속에 나온 영상은 어렸을 때부터 자주 놀았던 장소. 본가가 있는 교토였다.

"알겠어. 교토야……."

"아카리의 고향인가."

나는 달빛이 아름다운 밤중의 교토에서 얼굴이 보이지 않는 남자와 무언가를 이야기하고 있었다. 다양한 곳에 가고 있었다.

우리 머리 위에서 빛나는 보름달이 교토의 마을을 비추

고 있었다. 둘이서 지낸 교토는 무척이나 아름다웠다.

"맞아. 그리고 말이야, 계속 보름달이 떠 있었어."

"보름달?"

"응. 보름달이 아름다운 밤이었어."

카메라의 앵글을 바꾸는 것처럼 장소는 언제나 바뀌지만, 변하지 않는 것이 딱 하나 있었다. 그건 우리 머리 위에서 빛나는 보름달의 색깔이었다.

그 색은…… 푸른색이었다.

있지도 않은 달의 색깔을 보다니, 역시 이 꿈은 가공의 세상 이야기일 것이다.

"어째서 보름달이 뜬 밤의 꿈을 몇 번이나 꾸는 걸까?"

내 시야에는 씁쓸하게 미간을 찌푸리는 카나데의 모습이 비치고 있었다.

그는 언제나 그랬다.

내 일을 자기 일처럼, 아니, 그 이상으로 걱정해 준다.

나는 사랑하는 사람을 더는 고민하게 만들고 싶지 않아서.

"으음…, 분명 별 대단한 이유는 아닐 거라고 생각해. 교토가 그리워진 것뿐이려나. 그리고 옆에 있는 사람도 분명 아빠일 거라고 생각해."

"아빠? 아아, 대학에서 물리학 교수를 하고 계시던가?"

"응. 나 말이야, 그 이야기를 듣고 있을 때 어렵다는 생각을 하면서 듣고 있었던 느낌이 들어. 아빠가 하는 이야기는 언제나 잘 이해가 안 되니까. 당시의 나도 난처해하고 있었던 걸 거야."

"난처해하는 얼굴은 아니었는데."

"어?"

"행복해 보였어. 꿈을 떠올리고 있을 때의 아카리 표정."

"그런가."

"응."

잊게 된 먼 기억이라고 생각하고 있었다.

교토의 기온(祇園)에서 소중하게 키워진 나의 성장 기억은 상냥한 추억으로 바뀌어 머릿속으로 녹아들고, 내 일부가 되고 만 것이리라. 꿈이라는 형태로, 단편만을 남기고.

"그래도, 미안해."

"뭐가?"

"금방 멍해지고. 게다가 꿈을 떠올릴 수 없다든가, 그런 말을 갑자기 꺼내고 말이야. 이 성격은 고쳐야만 한다고 생각은 하는데…….”

“괜찮아. 고치지 않아도.”

“그래도.”

진눈깨비가 섞인 눈이 하늘에서 내려온다. 그는 너무나도 차가운 그 눈이 내게 닿지 않도록 내 앞에 서서 벽을 만든 뒤, 다시 한번 시선을 맞췄다.

“지금 그대로의 아카리를 좋아하니까.”

내 눈을 똑바로 바라보며 하는 그 말에 가슴이 두근거렸다.

사귀기 시작한 지 이제 곧 5년이 지난다.

나를 소중히 여겨 준다는 실감은 있지만, ‘좋아한다’라는 말은 어느샌가 멀어져 더는 내게 해주지 않는 말일 거라고 생각하고 있었다.

처음으로 그에게 좋아한다는 말을 들었을 때와 같은 정도로 동요하고 있다.

기쁜데도, 얼굴을 볼 수 없다.

갑작스러운 고백. 쑥스러워서 고개를 끄덕이는 것밖에 하지 못하는 내 손을 잡고, 그는 내 눈을 바라보면서.

“아카리…… 결혼하자.”

겨울 하늘에 청량하게 울리는 평온한 목소리로 그렇게

말했다.

○ ○ ○

갑작스러운 프러포즈로부터 반년이 지났다.

그사이 우리는 서로의 부모님께 인사를 드리고 결혼식장을 정하는 등, 착착 결혼 준비를 진행하고 있었다.

7월에 접어들어 회사에서 제법 긴 휴가를 받을 수 있었던 나는 본가가 있는 교토에 돌아가기로 했다.

교토역에 도착하고 곧바로 들려온 것은 찡, 쨍그랑하고 울리는 징 소리였다. 귀를 기울이니 징 소리에 맞춰 북과 피리 소리도 들려온다.

이 음색은 기온바야시*다. 교토는 특정한 기간 중, 온 마을에 이 축제 음악이 흐른다.

축제 음악 소리에 맞춰 교토가 들뜨는 것처럼 보이기도 한다.

나는 이 축제 음악을 들을 때마다 교토에 여름이 왔구나 하는 생각을 했다.

이 음악은 기온 축제의 시작을 의미한다.

* 일본의 축제 중 하나인 기온축제에서 징, 북, 피리 따위로 하는 연주

기온 축제는 7월 중 계속 열리는 길고 긴 축제다.

'기온 씨'라는 애칭으로 불리는 야사카 신사의 축제로, 호코 마치에는 호코[1]가 장식되고, 등롱에는 불이 켜져 교토는 시죠도오리를 중심으로 기온 축제 일색으로 물든다.

나는 그리운 축제 음악을 들으면서 본가가 있는 기온으로 돌아왔다.

"다녀왔습니다~!"

액막이용 치마키[2]를 단 현관을 열고 내뱉은 목소리는 평소보다도 훨씬 컸다. 습관이라는 건 무섭다.

"애는 몇 살이 되어도 조신하질 못하니. 현관 앞에서 그런 큰 소리 내지 말렴. 이웃 분들이 들으면 어쩌려고 그러니?"

"어라? 엄마 있었어?"

부모님은 일을 하러 가셨을 거다. 오늘도 아무도 없겠지. 그렇게 생각하고 있었기에 갑자기 나타난 엄마의 모습에 무척 놀랐다.

"두 시쯤에 온다고 했으니까 사카이 씨한테 조금 맡겨두고 나온 거야."

---

1. 기온 축제 때 행렬의 중심에 있는 꼭대기에 창이 꽂힌 수레를 호코(鉾)라 하는데, 이를 보존·운영하는 곳을 호코마치라고 한다.

2. 원래는 댓잎으로 말아서 찐 길쭉한 삼각형 모양의 떡. 기온 축제 동안 액막이용으로 나누어주는데, 이는 식용이 아니기에 속도 잎으로만 꽉 차 있다.

"일부러 안 그래도 되는데."

"엄마가 그러고 싶어서 그러는 거야."

그렇게 말하며 명랑하게 미소 짓는 사람은 나의 엄마이자, 본가 옆에 세워진 기온의 료칸『하나코미치』의 여주인이기도 하다.

우리 집은 기온에서 작은 료칸을 경영하고 있다.

료칸 일이 바빠지는 건 대개 아침과 밤이다.

낮에는 재료 반입 등이 있긴 하지만 조금은 자유 시간을 낼 수 있는 모양이라, 내가 교토에서 살았을 적에도 엄마는 가능한 한 집에서 내가 귀가하는 걸 기다려 주었다.

"그립네~."

그 무렵을 떠올리며 중얼거리는 내게,

"그러게. 고등학생 때도 아카리는 큰 소리로 다녀왔다고 인사했었지."

엄마도 다른 부분에서 그리움을 느끼고 있었다.

엄마랑 이야기하고 있으면 자연히 교토 억양으로 되돌아간다.

교토 억양으로 이야기하기 시작하면 그 순간 어렸을 적의 자신으로 돌아가는 것만 같다.

옛날의 나는 지금보다도 훨씬 차분하질 못해서, 언제나

친구들과 함께 교토의 마을을 뛰어다니며 놀았었다.

태어났을 때부터 관광지였던 이 마을에는 어린애가 놀 수 있는 장소가 적었지만, 개구쟁이인 우리는 온갖 곳을 놀이터로 바꿨다.

킥보드를 타고 아름다운 돌바닥 위를 달리다가 꾸지람을 들었다.

산 위에 있는 공원에 친구들과 모여서 와라비모찌*를 먹거나 불꽃놀이를 하고, 친구들의 사랑 이야기를 듣는 등. 시간을 잊고 놀다 집에 가는 게 늦어져서는 꾸중을 듣기도 했다.

봄에는 마루야마 공원의 수양올벚나무 아래에 비닐 시트를 깔고 꽃구경을 했다. 도중에 친구들과 같이 노래 대회를 했다가 혼이 나기도 했던가.

전부, 좋은 추억이다.

"여자애가 치마 펄럭이면서 놀러가서는."

"……."

"이런 말괄량이 딸을 받아주다니, 카나데 앞에서는 발 뻗고 잘 수도 없겠어."

엄마는 진지하게 말했다.

* 고사리 전분을 사용하여 만든 떡

"정말, 좋은 사람을 찾아서 다행이야."

나도 그렇게 생각한다. 카나데는 나한테는 아까울 정도의 사람이다.

"나도 정말 그렇게 생각해."

나도 진지하게 말했다.

"오늘은 카나데도 같이 올 거라고 생각했는데, 아카리만 오다니."

"어쩔 수 없잖아. 카나데는 회사 일이 있으니까."

"카나데는 일도 잘할 것 같으니까. 일 잘하는 사람한테는 일거리도 잔뜩 모이는 법이야."

카나데에 관해 뭐든지 알고 있는 것 같은 말투네.

"미남에 일도 잘한다니……."

"엄마, 카나데 얘기는 그만 됐으니까."

"그러네. 미안, 미안. 얼른 들어와. 피곤하지."

"응."

현관을 지나자 눈앞에 목조 계단이 보였다. 2층으로 이어지는 계단을 올라가 오른쪽으로 돌면 방이 몇 개인가 있었다.

나는 그 방을 지나 통로 모퉁이에 있는 내 방으로 향했다.

외동인 나는 대학 진학을 계기로 집을 나온 탓에 이 집이 활기를 잃지는 않았는지 조금 걱정하고 있었다.

하지만 본가는 조용히 그 분위기를 유지하고 있었다. 아빠와 엄마가 살고 있는 기척이 있다.

나는 그리움을 느끼며 복도를 걸었다.

아빠 방의 문이 열린 채였다.

물리학 교수인 아빠 방에는 커다란 책장이 비치되어 있고, 거기에는 낯선 제목의 두꺼운 책이 빽빽하게 늘어서 있다.

호기심이 왕성했던 초등학생 때의 나는 딱 한 번 그 책들을 들여다본 적이 있었다.

펼쳐 보긴 했지만 나열된 일본어가 너무 어려워서 내용을 전혀 이해하지 못한 채, 곧바로 책을 덮었던 기억이 있다.

'아빠가 하는 일은 뭔지 잘 모르겠어.'

당시의 나는 그런 생각을 하고 있었다.

그걸 아빠한테 직접 말해 버려서 아빠가 풀이 죽게 만든 적도 있었지…….

어린 시절의 나날을 떠올리고 쿡쿡 웃으면서 내 방까지 걸어왔다.

열려 있는 창문을 통해 바람이 들어와 하얀 커튼을 흔들고 있었다.

풍령이 찌링, 하고 울렸다.

창가에서 향기가 났다.

그쪽으로 시선을 돌리자 컬러풀한 공을 발견했다.

작은 접시 위에 놓인 조그만 공은 동네의 향 전문점에서 팔고 있는 향구슬이다.

향구슬 안에는 백단이나 정향 등의 향목이 들어있어서, 놓아두는 것만으로도 부드러운 향기가 난다.

빨간색과 흰색, 빨간색과 노란색 등 빨간색을 기조로 하고 두 가지 색깔로 채색된 컬러풀한 향구슬은 인테리어로 장식해도 귀여워서 고등학생 때의 나는 자주 향구슬을 사러 갔었다.

내가 좋아하는 향기…… 동네 가게에서 파는 향구슬…… 엄마, 기억하고 있어줬구나…….

손에 향구슬을 하나 쥐고 창가에 서자, 푸른 버드나무가 어우러진 돌바닥 길이 보였다.

창문에서 보이는 이 경치도, 이 향기도 전부 내 것이었다.

"다녀왔습니다."

내가 아름다운 교토의 마을을 향해 그렇게 말한 뒤, 머리 위에서 흔들리는 풍령이 찌링, 하고 울렸다.

가지고 온 짐 정리를 끝낸 뒤, 나는 방을 둘러봤다.

옷장 안에는 고등학교 교복이나 당시에 입었던 옷, 가방 등이 들어있었다.

책상 서랍에는 성적표, 친구랑 찍은 사진, 스티커 사진, 주고받은 편지 등이 있다.

그대로 다시 한번 고등학생 시절을 보낼 수 있을 정도로, 이 방에는 물건이 잘 갖추어져 있었다.

대학에서는 조신한 여자로 데뷔할 거라는 생각에 짐을 그다지 많이 안 가지고 갔던가.

작전은 실패로 끝나게 되지만.

후훗, 하고 웃으면서 아직 열지 않은 아랫단 서랍에 손을 댔다.

거기에는 낯익은 연두색 노트가 들어있었다.

이건, 일기다.

고등학생 때의 나는 일기를 쓰고 있었다.

뭐든 쉽게 질리는 성격이던 내가 유일하게 계속할 수 있었던 건 매일 짧은 일기를 쓰는 것이었다.

노트를 팔락팔락 넘겼다. 고등학교 2학년 여름 때의 페이지가 보였다.

6월 30일

내일부터 기온 축제가 시작된다.

나노카한테 '전야제 날에는 남자친구랑 같이 가고 싶어!'라고 말했더니,

'보름 만에 남자친구가 생길 리 없잖아.'라는 지적을 받았다.

나도 모르게 소리 내어 웃고 말았다.

그때의 나답네. 소설에 나올 것 같은 연애를 동경하고 있었지.

좋아하는 사람조차 없었는데.

일기에 나열된 글자를 읽으니 색이 바래져 있던 당시의 기억이 선명하게 되살아난다.

나는 기쁜 마음에 계속되는 내용도 훑어봤다.

7월 1일

믿을 수 없는 일이 일어났다.

타쿠토와 놀고 있었는데, 모르는 사람을 발견했다.

이름은,

우리는 친구가 되었다.

6월 30일의 일기에 나오는 '나노카'와 7월 1일의 일기에 나오는 '타쿠토'는 내 소꿉친구다. 두 사람은 잘 알고 있다.

그런데……. 뭐지, 이건?

모르는 사람을 발견했다? 이상한 표현이다.

『이름은,』 뒷부분의 글자만이 사라져 있었다.

나는 누구와 친구가 되었던 걸까? 떠올리려 해 봤지만 전혀 기억이 나지 않는다.

7월 2일

타쿠토와 나노카, 　　랑 같이 빙수를 먹으러 갔다.

교토가 처음이라고 하는 　　는 야사카의 탑을 보고 감동하고 있었다.

타쿠토는 세상에서 제일 좋아하는 음식은 빙수라고 언제나 말했다.

친구인 나노카, 타쿠토, 내가 모이면 자주 빙숫집에 빙수를 먹으러 갔었다.

그러니까 이날 빙수를 먹었다라고 적혀 있어도 이해할

수 있었다.

하지만…… 이날의 일기에도 이상한 공백이 있었다.

마치 누군가가 함께 있었던 것처럼 쓰여 있다.

『교토가 처음이라고 하는 는 야사카의 탑을 보고 감동하고 있었다.』

아마 고향에서 야사카의 탑을 보고 감동하는 친구는 없었을 것이다.

히가시야마 기슭에 세워진 오래된 도읍의 표식은 우리에겐 낯익은 경치의 일부였다. 정해진 장소에 초등학교가 세워져 있는 것과 같은 정도로.

일부러 초등학교를 보고 감동하는 사람이 없듯이, 태어났을 때부터 기온에서 살았고 바깥세상에서는 살아본 적 없던 우리는 이 경치에 일일이 감동하지 않는 것이다.

그런데도…… 누가 감동하고 있었던 걸까?

나는 이 누군가를 기억하고 있지 않았다.

이 일기는 뭐지?

정말로 내가 쓴 건가?

"아카리!"

"네, 네– 에!"

일기에 집중하고 있던 내게, 1층에 있는 엄마가 날 부르는 소리가 들렸다.

"차를 달여 왔으니까 내려오렴-"

"고마워- 지금 갈게-"

나는 일기를 서랍에 넣고 1층으로 내려갔다.

약간의 위화감을 느끼면서.

○ ○ ○

"아직인가?"

그렇게 생각하면서 창가 자리에 앉아 멍하니 바깥을 바라보고 있었다.

나는 지금 카페에 있다. 큰길 교차로에서 걸어서 5분 정도 거리에 있는 카페다.

얼핏 목조 가옥처럼 보이는 이 카페는 상점가 카페라고 불리며 복고풍의 분위기가 감돌고 있다. 카페 정면에는 절이 보인다.

그 경치에 그리움을 느끼면서 가게 안으로 들어갔다.

잠시 후, 가게 안에서 좁은 골목길을 걸어오는 남자와 여자가 보였다.

아, 왔다!

나는 마음속으로 그렇게 중얼거리고 그들을 향해 손을 흔들었다.

"어서 오세요."

종이 딸랑 울리고, 점원의 목소리가 났다.

카페 입구에서 고개를 갸웃하여 창가에 앉아 있는 나를 발견한 것은 친구인 나노카였다.

"아카리!"

나노카는 나를 발견하자마자 외쳤다.

"나, 나노카?"

얌전하고 상냥한 나노카 답지 않은 또렷한 목소리에 당혹스러워하고 있었더니, 그녀가 내게 뛰어왔다. 그리고 그대로 내게 안겨들었다.

"진짜로 아카리잖아! 돌아와 줘서 기뻐!"

"아카리, 잘 왔어."

갑작스런 포옹에 곤란해 하는 내 귀에 이번에는 낮은 목소리가 들렸다. 그건 조용히 미소 지으며 걸어오는 또 한 명의 친구, 타쿠토의 목소리였다.

나는 나노카한테 안기며 타쿠토에게 방긋 웃어 주었다.

타쿠토는 고개를 마주 끄덕여주었다. 타쿠토의 미소에

안심한 나는 나노카의 등에 손을 둘러 꼬옥 부둥켜안은 뒤 말했다.

"다녀왔어!"

그러고 나서 우리는 오랜만의 재회를 즐겼다. 오랜만인데도 서로를 이만큼 가깝게 느낄 수 있는 건 소꿉친구의 특권이라고 생각한다.

"일이 힘들어?"

나노카의 눈 밑에서 다크서클이 보인 것 같은 느낌이 들어 그녀의 눈가를 손으로 만지며 그렇게 말하자, 나노카가 미소로 답해 주었다.

"아니야. 일은 즐거워."

나노카는 지금 미용사로 일하고 있다.

기온의 게이샤나 마이코 언니들의 머리를 묶는 경우가 많다고 했다. 그래서 낮과 밤이 뒤바뀌기 쉬워서, "그래도 말이야, 역시 수면이 부족해지기는 해. 이것 봐, 여드름." 이라며 턱에 생긴 작은 여드름을 보여줬다.

타쿠토는 학원 강사로 일하고 있다.

나이 차이가 나는 여동생이 두 명이나 있는 타쿠토는 옛날부터 아이들을 정말 좋아하고 잘 돌봐줬는데, 무뚝뚝하게 보이기는 하지만 사실은 다정한 성격의 소유자다. 그런 타쿠토니까 학생들이 잘 따르는 좋은 선생님일 거라고 생각했다.

"설마 아카리가 가장 먼저 결혼할 줄이야."

어른이 된 친구들을 보고 있는데, 옆에 앉은 나노카가 불쑥 중얼거렸다.

"진짜 그래, 너."

나노카의 목소리에 고개를 끄덕인 것은 타쿠토다.

나는 뭐라고 말해야 좋을지 알 수 없어서 "에헤헤헤."하고 웃으며 얼버무렸다.

그러자 곧바로 타쿠토가 말했다.

"그 웃음, 기분 나빠."

"기분 나쁘다고 하지 마."

내 눈앞에는 생크림이 잔뜩 얹어진 캐러멜 프라푸치노, 나노카와 타쿠토 앞에는 블랙커피가 있었다.

대화가 끊겼을 때, 나는 휘핑크림을 후루룩 마셨다.

"맛있어!"

살짝 씁쓸한 커피에 생크림과 캐러멜의 단맛이 입 안 가득 퍼져나갔다.

나도 모르게 뺨에 손을 대고 그런 말을 하자, 나노카가 말했다.

"결혼식 전에는 다이어트 해야 되는 거 아니야?"

그 표정은 조금 어이없어하는 얼굴이다. 그러고 보니 이 얼굴은 고등학교 때 몇 번이나 봤었지…….

"아카리한테는 상식이라는 게 없으니까 말이지."

내 앞에서 그런 말을 내뱉은 것은 타쿠토다.

너무해. 생크림이 잔뜩 올라간 음료를 마시고 있는 것뿐인데.

옛날에는 카페오레였는데, 어느샌가 블랙커피 같은 걸 마시게 된 두 사람을 바라보며 나는 다시 한번 빨대를 입에 머금었다.

"그래서, 아카리 남자친구란 거 그 녀석이지? 시원찮은 그 녀석."

시원찮다니, 정말 너무하네.

만난 적도 없으니까 그런 식으로 말하지 말아 줬으면 좋겠다.

고등학교 졸업과 동시에 우리는 각자의 길을 걷기 시작했다.

나는 도쿄의 대학으로. 나노카는 오사카의 전문대로. 타쿠토는 교토의 대학으로 진학했다.

서로 생활환경이 크게 변해 버렸지만, 그래도 우리들의

관계는 끊어지지 않았고 전화나 문자로 서로의 근황을 보고했다.

도쿄로 가고 약간의 시간이 흘러 나는 카나데와 만났다.

쑥스러움을 느끼면서도 '남자친구가 생겼다'고 문자로 두 사람에게 보고하고 카나데와 나란히 찍은 사진을 메시지로 보낸 적이 있다.

그 이후로 타쿠토는 카나데를 '시원찮다', '별로 마음에 안 든다', '뭔가 짜증난다'고 했던가…….

'선생님'이 되었으니까 조금은 변했을까 싶었지만, 타쿠토는 여전히 입이 험하다.

그러고 보니 이런 학원 선생님이 있었지. 학생과의 거리가 가까운 선생님. 신기하게도 학생들한테는 엄청 인기가 많은 선생님. 분명 타쿠토도 그런 느낌이리라.

선생님으로 일하는 타쿠토를 상상하고 있었더니, 타쿠토가 내게서 시선을 떼며 말했다.

"이렇게 빨리 결혼해도 괜찮겠어?"

우리는 25살이다. 주위에 결혼한 친구는 거의 없다.

하지만 슬슬 결혼할까? 하고 생각하는 사람은 있지 않을까 싶었는데.

"실패하기 전에 잘 생각해."

타쿠토가 퉁명스럽게 말했다. 그러고는 잠자코 입을 다물었다.

"푸하. 맛있었어."

"전부 다 마신 거야?"

"아직 조금 남아 있어."

"아하하. 역시 아카리네."

아쉬운 듯이 컵을 바라보는 나를 보고 나노카가 웃었다.

"저기, 아카리. 남자친구한테 평소의 모습은 보여주고 있어?"

내 눈동자를 들여다보며 나노카가 걱정스럽다는 듯이 말했다.

"응. 보여주고 있어."

나는 카나데의 얼굴을 떠올리면서 대답했다.

좋아하는 음료를 단숨에 다 마시는 점도, 평소에는 수다스럽지만 금방 망상에 빠져 잠자코 입을 다물어 버리는 점도, 그렇게 요리를 잘하지 못하는 점도, 재봉이 서투른 점도 카나데한테는 전부 보여주고 있다.

이런 불완전한 나라도 결혼하자고 말해주는 거니까, 나한테는 카나데밖에 없다고 생각했다. 25살이라는 타이밍이 빠르다고는 생각하지 않는다.

"나는 카나데랑 결혼하고 싶어."

그렇게 분명하게 말하자, 나노카의 눈동자가 활짝 밝아졌다.

그리고 내 손을 잡고는 "좋은 사람이랑 만나서 다행이야."라고 말해 주었다.

"응."

타쿠토는 묵묵히 입을 다물고 있다.

분명 남자와 여자는 결혼에 관한 생각이 다른 것이리라.

오랜만에 만난 소꿉친구의 기분이 나빠지는 건 싫다는 생각이 들어 이 이야기는 그만 끝내고자, 나는 화제를 바꾸기로 했다.

"그러고 보니, 오늘 내 방을 정리하다가 고등학교 때 일기를 발견했어."

"그래?! 뭐라고 쓰여 있었는데?"

나노카는 눈을 반짝반짝 빛내며 말했다. 고등학교 시절의 추억이란 건 특별하다. 그렇게 생각하는 건 나만이 아니었던 모양이다.

창가에서 눈부신 햇살이 비쳐 들어오고 있었다. 그리우면서도 반짝이는 과거와도 같은 눈부신 빛이 우리로 하여금 그 시절의 추억을 떠올리게 해주었다.

"다 같이 빙수를 먹으러 갔다든가."

"아~! 얼음 그릇을 쓰는 빙숫집? 거기 빙수 진짜 맛있지!"

"밤의 야사카 탑을 보러 갔다든가."

"갔었지, 갔었지! 그 주변은 우리 영역이니까."

나노카와 둘이서 이야기를 나눈다.

추억을 마음속에 꼭 간직하고 있는 건 여자의 특성일까? 타쿠토는 말없이 대화를 듣고만 있다. 하지만 타쿠토는 언제나 그랬지.

여자들의 긴 이야기를 멍하니 듣고 있는 게 가능하니까, 시끄러운 소꿉친구인 우리와 오랫동안 어울려 지낼 수 있었던 것이리라.

"나머지는 말이야, 모르는 사람이랑 친구가 되었대."

"응?"

나노카와 타쿠토의 목소리가 겹쳐졌다. 갸우뚱한 얼굴로 나를 봤다.

"모르는 녀석이라니?"

타쿠토가 마시고 있던 커피를 테이블 위에 내려놓고 말했다.

나노카의 긴 머리카락이 에어컨 바람에 흩날려, 갸웃거

리던 뺨에 달라붙었다. 차가운 바람이 민소매 옷 밖으로 나온 가느다란 팔을 감싸고 있다.

"그게, 기억을 못 해내겠어. 일기에 이름은 없는데, 그래도 분명히 누군가가 그곳에 있는 것처럼 적혀 있더라구. 너희 둘이라면 기억하고 있으려나 싶었는데……."

"글쎄다?"

타쿠토가 그렇게 말하고는 고개를 갸웃거렸다.

나노카 쪽을 바라보자 "나도 잘 모르겠는데?"라고 말했다.

"그렇구나……."

나는 고개를 마주 끄덕일 뿐이었다.

역시 그 일기에 적혀 있던 것은 거짓말인 걸까?

그도 그럴 것이 같이 있었을 터인 두 사람도 기억하고 있지 않으니까 말이다.

교토의 여름은 덥다.

사방이 산으로 둘러싸인 분지라서 바람이 잘 통하지 않기 때문이다.

나는 작열하는 햇볕을 쬐고 있는 교토의 마을을 바라보면서, 돌바닥 길 양옆으로 돌담이나 목조 가옥이 늘어선 좁은 골목길을 걸었다.

그 뒤로 나는 밤부터 일이 있다는 두 사람과 헤어져 집 근처로 돌아왔다.

돌담 골목길 안에는 옛날부터 사이가 좋았던 할머니가 경영하는 작은 찻집이 있다. 거기에 얼굴을 내밀고자 들러 봤지만 공교롭게도 휴일이었다.

또 오면 되나. 그렇게 생각을 고쳐먹고 네네의 길*로 나온 뒤 북쪽으로 걸어가 그리운 교토의 마을을 산책하기로 했다.

기온이나 히가시야마는 변함없이 관광객으로 북적거리고 있었다.

예전보다도 기모노 대여 가게가 늘어난 걸까. 기모노를 입고 걸어 다니는 젊은 사람이 많아서 놀랐다. 다채로운 기모노는 우리 집에 있는 것보다도 훨씬 가볍고 입기 편할 것 같았다.

꽃무늬가 새겨진 하늘색 기모노 차림 여성의 허리띠에 달린 리본은 신기한 형태라서 무척 귀여웠다.

커플끼리 걷는 사람, 친구끼리 걷는 사람, 외국에서 온 관광객 등 다양한 사람이 있었다. 각자 다른 사람들이지

---

* 네네노미치(ねねの道). 도요토미 히데요시의 정처인 네네의 이름을 따서 명명된 길.

만, 같은 게 딱 하나 있다는 생각이 들었다.

다들 교토를 좋아하는 것이리라. 반짝반짝 빛나는 눈동자로 교토의 마을을 바라보고 있었다.

잠시 걷고 나서 나는 코우다이지 문 앞에 왔다. 근처에는 와라비모찌가 유명한 디저트 가게가 있다.

나는 그리움에 이끌리는 것처럼 그쪽을 향해 걸어갔다.

디저트 가게 부지 안에는 일본식 정원이 있고, 연못에는 갖가지 색깔의 잉어가 느긋하게 헤엄치고 있었다. 일본식 정원을 지나 안쪽에 있는 다다미방으로 향하는 손님의 모습도 보인다.

그립네, 이 광경.

이곳의 와라비모찌는 어릴 적에 자주 먹었지. 아빠랑 엄마도 정말 좋아했고, 고등학생 때는 나노카랑 타쿠토 셋이서 자주 먹으러 왔던가…….

"아카리?"

입속에서 살살 녹는 쿠사와라비모찌의 식감과 콩고물 향기를 떠올리고 있는데, 누군가가 가게 안에서 내게 말을 걸었다.

포렴을 헤치고 나온 것은 곧은 흑발을 하나로 묶은 여자.

"와, 오랜만이야!"

고등학교 때 반 친구인 유이였다.

유이는 여기서 일하고 있는 모양이다. 하얀 앞치마를 하고 머리에 삼각건을 두르고 있다.

“물 뿌리러 나왔더니 아카리가 있는걸. 깜짝 놀랐어.”

“나도 깜짝 놀랐어. 여기서 일해?”

“응. 아르바이트 중이야. 지금 대학원 다니고 있거든.”

“그렇구나.”

“아카리는? 그쪽에서 열심히 하고 있어?”

“응. 열심히 하고 있어.”

거기까지 말하고 나서, 뒤에서 사람의 기척을 느꼈다.

내 뒤에 있는 두 명의 남녀가 나와 포렴 틈새로 가게 안을 살펴보고 있었다. 들어갈지 말지 망설이고 있는 느낌이다.

“어서 오세요.”

유이의 목소리를 듣고 옆으로 몸을 비켰다. 남녀가 가게에 들어가는 걸 확인하자, 유이가 “아카리도 먹고 가.”라고 말했다.

“방금 카페 갔다 온 참이라서.” 그렇게 말하며 거절하려 했더니,

“우리 가게에서 가장 추천하는 와라비모찌, 안 먹고 갈

거 아니지?"

나보다도 먼저 유이가 그렇게 말했다. 이런 식으로 추천을 받아 버리면 거절할 수 없다.

"응. 그러네."

나는 고개를 끄덕인 뒤 가게 안으로 들어갔다.

"기다렸지."

자리에 앉자, 위에 콩고물을 잔뜩 얹은 쿠사와라비모찌와 함께 아이스 그린 티가 나왔다.

"고마워."

나는 유이에게 미소로 대답한 뒤 음식을 먹었다.

이곳의 와라비모찌는 정말로 맛있다. 몇 번을 먹어도 질리지 않는다.

맛있는 것들이 잔뜩 있다는 건 관광지에 살아서 좋은 점이라 생각한다.

이 와라비모찌도, 미카사[1]가 유명한 디저트 가게에서 먹는 찹쌀경단 크림 안미츠[2]도, 기온코이시[3]의 말차 쉬폰 파르페도, 어느 것이든 전부 입맛을 다시게 되는 훌륭한 맛이다.

---

1. 三笠. 교토에서는 도라야키를 미카사라고 부른다

2. 한천 위에 과일, 팥 등을 올리고 꿀 시럽을 뿌려 먹는 디저트

3. 祇園小石. 쿄아메(京飴)라고 하는 교토 특산 사탕으로 유명한 가게.

저녁이 되었기 때문인지 손님들도 많이 빠져 있었다.

유이도 휴식 시간에 들어간 모양이라, 앞치마와 삼각건을 벗고 내 앞에 앉았다.

눈앞에 앉은 유이는 조금 흥분한 것처럼 보였다.

무슨 일일까?

"있지, 아카리. 결혼한다는 거 정말이야?"

유이는 몸을 쑥 내밀며 물어봤다.

소문은 퍼졌다고 나노카에게서 듣긴 했지만, 설마 유이한테까지 전해졌을 줄이야, 하는 생각에 솔직히 놀랐다.

"으, 응."

뺨이 열을 띠기 시작했다.

뇌리에 떠오르는 건 내 전부를 감싸 안아주는 그의 손바닥, 넓은 등, 낮은 목소리.

'아카리, 이리 와.'

그렇게 말하며 내가 한껏 응석을 피울 수 있게 해주는 단단한 가슴, 나를 바라보는 부드러운 눈매, 스카이블루 향기.

일본식 정원을 바라보며 도쿄에 있는 카나데를 떠올리는 나를 유이가 쿡 찔렀다.

"행복한 표정 짓기는."

히죽거리는 유이에게 "그런가."하고 대답했다.

"하긴 그렇네. 우리도 25살인걸. 결혼해도 이상하지 않을 나이구나."

"유이는?"

살짝 물어봤다.

"나? 나는 상대가 없잖아. 좋은 사람 있으면 소개해 줘. 아, 그래도 관서 사람 한정이야. 나는 도쿄에는 안 갈 거라고 정했으니까."

"어째서?"

"어째서냐니…… 교토에 있는데 도쿄에 갈 필요가 있어? 여기는 뭐든 다 갖추어져 있잖아."

"……그러네."

"아카리는 왜 갔는데? 도쿄."

유이의 목소리는 지금까지 중에서 가장 작았다. 하지만 깊게 핵심을 찌르는 것처럼 울렸다.

이 마을에는 무엇이든 있다.

없는 건 높은 빌딩과 TV에서 흘러나오는 표준 억양 정도다.

산으로 둘러싸여 높은 건물에 가로막히지 않은 하늘이 한가득 펼쳐진다. 꽈리 같은 붉은 저녁놀이 안쪽에서부터 마을을 천천히 물들여 가는 광경은 숨을 쉬는 것을 잊을 만큼 아름답다.

끝없이 이어지는 넓은 창공에 큼지막하게 놓인 무지개는 그림 같이 쭉 이어져, 칠색을 선명하게 드러낸다.

TV에 나오는 개그맨이 쓰는 관서 억양보다 순한 교토 억양에는 사람들을 감싸 안는 것 같은 포근한 온기가 있고, 자기들이 사는 마을에 긍지를 가지는 이 지방의 풍습도 정말 좋아한다.

그런데도 나는 이 지방을 떠났다. 그 이유는…….

7년 전의 일을 떠올리려 하면 머릿속이 흐릿해진다. 나는 애매하게 미소 지었다.

"도시를 동경하고 있었던…… 거려나?"

"그렇구나."

"또 도쿄에 오면 연락해."

"응. 그럴게. 그때는 재워주라."

"물론이지."

나는 차가운 말차를 입에 머금었다. 씁쓸하면서도 달콤한 말차는 교토의 맛이 났다.

유이와 헤어진 나는 언덕길을 내려가 집으로 돌아왔다.

집에 들어가려고 했지만, 불이 켜져 있지 않았기에 아무도 없을 거라고 생각하여 옆에 있는 료칸에 얼굴을 내밀기로 했다.

시간은 이미 저녁 여섯 시. 엄마의 일이 바빠지는 시간대다.

여주인인 엄마는 손님에게 인사를 하거나, 저녁 준비가 지체 없이 진행되도록 지시를 내린다.

엄마는 오늘도 미소를 잊지 않고, 료칸에 핀 꽃처럼 행동하고 있을 것이다. 엄마를 보고 있으면 접객의 스페셜리스트구나, 하는 생각이 든다. 나는 도저히 따라 할 수가 없다.

살며시 접수대로 가자 뒤에서 "아카리!"라며 날 부르는 목소리가 들려왔다.

"돌아왔었구나!"

생글생글한 미소와 함께 맞이해주는 분은 프런트 스태프인 사카이 씨였다.

"안주인님 모셔 올까?"

엄마보다 조금 젊은 정도인 그녀는 내게 있어서 또 한 명의 엄마다.

엄마의 일이 바빠 시간을 내지 못할 때는 사카이 씨가 엄마 대신 날 돌봐주었다.

엄마가 경영하는 작은 료칸은 엄마와 사카이 씨의 온정이 넘쳐흐르고 있어서, 평온하고 마음 편한 장소였다.

"괜찮아요, 괜찮아요. 점심 휴식 시간 때 만났거든요. 지금은 잠깐 보러 온 것뿐이에요."

료칸의 스태프들은 바삐 일하고 있을 것이다.

엄마도 손님들 방에 얼굴을 내비치러 가고 있을지도 모른다.

'작은 료칸이기에 비로소 할 수 있는 게 있는 거야. 엄마는 그걸 소중히 여기고 싶어. 손님들이 또 교토에 오고 싶다고 생각할 수 있도록 말이야.'

교토가 관광객들에게 사랑받는 아름다운 마을이라고 생각하는 건, 그걸 계속 지켜 온 사람들이 있기 때문임을 나는 이 마을을 떠나고 나서 깨달았다.

'엄마는 이 일이 정말 좋아. 80살까지는 현역이란다.'

그렇게 말하는 엄마한테 어리광을 부리고 있을 수만은 없다고도 생각하지만…….

복잡한 마음을 품으면서도, 엄마가 소중히 여기고 있는 료칸을 나도 아끼고 싶다고 생각하는 마음은 옛날이나 지금이나 변함이 없어서 나는 사카이 씨에게 살짝 속삭였다.

"뭐 도울 수 있는 일 있어요?"

엄마한테는 말할 수 없는 것이라도, 사카이 씨에게는 말할 수 있다. 이상한 일이지만.

"그럼 등롱을 가져와 줄 수 있니? 뒤쪽 창고에 들어있어."

"네. 알겠어요."

나는 벅차오르는 듯한 마음을 감추고 현관을 나섰다.

저녁놀에 붉게 물든 구름이 서쪽 하늘에서부터 퍼지고, 불그스름한 빛이 마을을 물들이고 있었다.

친숙하고 아름다운 풍경을 바라보며, 나는 창고가 있는 뒤뜰에 왔다.

사카이 씨에게서 받은 열쇠로 창고 문을 열었다. 눅눅한 습기를 띤 무거운 공기가 창고 안에 감돌고 있었다.

나는 살며시 그 안으로 발을 들여놓았다.

바깥의 붉은색이 먹색에 섞여 들어오는 듯한 공간 속에서 나는 등롱을 찾았다.

교토 시내의 각 료칸이나 오래된 가게는 점포 앞에 등롱을 장식하는 관습이 있다.

그것은 이제 곧 시작될 기온 축제를 축하하는 것이다.

교토역에서도 흐르고 있던 찡, 쨍그랑하는 축제 음악 소리는 료칸 안에서도 들려온다. 모두가 기온 축제를 즐기고 있었다.

뒤뜰로 돌아 들어가면 축제 음악 소리는 들려오지 않을 터였다. 하지만 내 머릿속에는 축제 음악 소리가 끊임없이 흐르고 있었다. 찡, 쨍그랑. 나는 콧노래를 섞어가며 축제 음악 소리를 흥얼거리다가, 깔끔하게 정돈된 선반을 바라봤다.

그 안에서 검은색 매직으로 '등롱'이라고 크게 적힌 골판지 상자를 발견했다.

이거다.

그 상자에 인쇄된 건 근처에 있는 등롱 가게의 이름이다.

그립네.

등롱을 바꿔 만들 때마다 이 가게로 심부름을 갔었지.

'아저씨~. 등롱 주세요~.'

내가 말하는 대사는 이것뿐이었다. 그 뒤에는 미리 받았던 편지를 건네는 것이다.

그걸로 충분한 심부름이었지. 그리고 나는 등롱 가게를 좋아했다.

부드럽고 따스한 빛을 만들어내는 그 공간은 지금도 특별하다. 또 가고 싶네…….

상자 덮개를 열자 커다란 등롱이 얼굴을 드러냈다. 누레진 데도 없고 상태는 무척 좋았다. 올해도 기온 축제를 축하할 수 있다. 기쁜 마음에 미소를 지었을 때, 나는 발견했다.

커다란 등롱 옆에 작고 하얀 상자가 있었다.

이건 뭘까?

그 하얀 상자는 본 적이 있는 듯한 느낌도 들지만, 분명하게는 떠올릴 수 없었다.

나는 그 상자에 살며시 손을 뻗었다.

생각한 것 이상으로 가볍다. 쭈뼛쭈뼛 덮개를 들어내자, 거기에는 아련하게 벚꽃 색깔로 물든 전통지가 보였다. 그 전통지로 만들어진 것은 작은 등롱 모양을 하고 있다.

"미니 등롱이다……."

작은 등롱을 들어 올려 봤다. 작지만 훌륭한 등롱이었다.

표면은 벚꽃 색으로, 아무것도 적혀 있지 않다.

하지만 뒷면에 글자가 보였다.

거기에는 '아카리'라고 적혀 있었다.

언제였더라. 난 이걸 만든 기억이 있다.

그래. 17살 때의 7월. 나는 또 심부름을 부탁받았다.

엄마의 부탁으로 나는 언제나처럼 등롱 가게에 갔다. 그때, 아저씨가 말했었다.

'우리 가게에서 이번에 미니 등롱 만들기 체험을 시작했는데, 아카리 너도 조금 해 보지 않으련?'이라고.

나는 '응!'하고 대답한 뒤, 아저씨한테 만드는 법을 배우며 등롱 가게 안에 있는 작은 일본식 방에서 이 등롱을 만들었던 것이다.

그런데, 나 혼자뿐이었던가? 다른 누가 있지 않았나?

그런 생각이 들었을 때, 골판지 박스 구석에 하얀 상자가 또 하나 더 보였다.

그건 벚꽃 색깔 등롱이 들어있던 상자와 같은 것이었다.

나는 이상하게 여기면서 그 상자에 손을 뻗어 덮개를 살며시 들었다.

상자에서 나온 것은 수국 색깔을 띤 미니 등롱이었다.

벚꽃색 등롱보다도 꼼꼼하게 만들어져 있다.

손재주가 좋은 사람이 만든 거겠지. 나는 상자에서 등롱을 꺼내 살며시 들어 올려 봤다.

표면에는 벚꽃색 등롱과 마찬가지로 아무것도 적혀 있지 않았다.

뒷면에 뭔가 적혀 있을까 기대하여 그쪽을 보니, 거기에도 아무것도 적혀 있지 않았다.

누가 만든 걸까?

의아하게 생각하면서 작은 등롱만을 들고 창고에서 나왔다.

어두운 곳에서 나오자 저녁놀이 한층 붉게 보였다.

나는 눈이 부셔 눈을 가늘게 떴다.

눈이 고요함으로 가득 찬 붉은 세상에 익숙해졌을 무렵, 살며시 등롱을 들어 올려 봤다.

등롱은 저녁노을에 붉게 물들어, 마치 안쪽에서 등불을 켠 것처럼 아름다웠다.

붉은 햇빛에 비쳐 뒷면에 무언가가 보였다.

그걸 보기 위해 등롱을 바로 잡았다.

뒷면에 무언가가 적힌 흔적이 있다.

눈을 지그시 뜬 채 자세히 바라보자, 수국 색 등롱 중앙에 색이 빠진 부분이 있었다.

그건 마치 색종이에서 사라지려 했지만, 하얗게 남아 버리고 만 것처럼 보였다.

그리고 거기에 적혀 있던 것은 글자처럼 보였다.

나는 조용히 그 글자를 판독했다.

"코우."

그 글자를 소리 내어 읽었다.

내 목소리가 붉은 하늘에 스며들다시피 퍼져 나갔다.

그 말은 다시 내 곁으로 돌아와 가슴속에 덜컹 떨어졌다.

"코우……."

그다지 입에 담아본 적 없는 말, 그다지 들어본 적 없는 울림일 텐데 어째서일까? 몸은 기억하고 있다는 생각이 들고 말았다.

세포 하나하나가 떨리는 듯한, 이상한 감각에 사로잡혔다.

"코우."

다시 한번 분명하게 그 이름을 부르자, 몸 안쪽이 천천히 뜨거워져 갔다.

내가, 내가 아닌 것만 같다.

그리고- 나는 깨닫고 말았다.

아아, 나는 무언가를 잊고 있다는 것을.

분명, 17살 때의 여름에, 잊어서는 안 되는 무언가가 있었던 것임을.

나는 작은 수국 색깔 등롱을 끌어안고, 어째서인지 그렇게 느끼고 있었다.

제2장

'달님은 어째서 쫓아오는 거야?'

언제부터 이런 생각을 하게 되었을까.

밤하늘에 빛나는 커다란 달이 계속 내 뒤를 따라오는 듯한 느낌이 들었다.

밤길을 걷고 있어도, 밤에 차에 타고 있어도.

계속해서 달리는 차는 달에서 멀어졌을 터인데, 달은 언제까지고 날 따라오는 것처럼 보였다.

어두컴컴한 세상 속에서 빛나는 단 하나의 커다란 달이 나만을 쫓아오는 것이다.

그 현상은 줄곧 불가사의했다.

나만이 달이 쫓아오는 특별한 존재인 게 아닐까. 그렇게 생각하던 때도 있었다.

하지만 아빠가 운전하면서 말하는 것이다.

'달은 지구에서 약 38만 킬로미터나 떨어진 위치에 있기 때문이야.'라고.

나는 고개를 갸웃했다.

'그래서?'

아빠가 해준 말의 뒷내용을 물어보려 했더니, 조수석에 있던 엄마가 고개를 돌려 뒤에 있는 나를 보고는,

'아카리를 정말 좋아하기 때문이야!'

얼굴 한가득 미소를 띠며 그렇게 대답해주었다.

'응! 나도 달님 정말 좋아!'

백미러에 비친 아빠는 인상을 팍 쓰고 있었지만,

엄마가 '그렇죠?'라고 아빠한테 물으니, '……뭐, 그렇지.'라고 대답했었지.

등롱을 다 장식한 뒤 료칸을 나오자, 바깥은 이미 밤이었다.

올려다본 밤하늘에 뜬 달은 이제 곧 보름달이 되려 하고 있었다.

열을 품은 바람이 없는 밤은 교토의 여름밤다워서.

나는 습기를 머금은 바람을 느끼며, 어렸을 적 여름날 기억의 단편을 떠올리고 있었던 모양이다.

물리학자인 아버지는 언제나 내게 올바른 답을 가르치고자 하셨다.

하지만 엄마는 아이들이 기뻐하는 답을 준비해 주었다.

논리적인 부친과 직감적인 모친. 나는 양극단인 부모님 밑에서 자랐다.

그 시절의 나는 엄마의 직선적이고 알기 쉬운 말을 무척 좋아했지만, 지금에 와서는 아버지의 말에 좀 더 귀를 기울여야만 했었나 하는 생각도 든다.

그도 그럴 것이, 오늘도 달은 나를 쫓아오는 것처럼 보이니까.

결국, 어째서일까?

어른이 되어도 답을 알지 못한 나는 주머니에서 스마트폰을 꺼내「달은 왜 쫓아오는 걸까」라고 검색해 봤다.

거기에는 옛날에 아버지가 답해 주려고 했던 이유의 뒷내용이 있었다.

과연, 그런 거였군. 하고 생각했다.

달은 너무나도 멀리 있어서, 보이는 장소가 바뀌지 않는 것이다.

예를 들어 신칸센에 탔을 때, 가까이 있는 나무들은 흘러가다시피 그 장소에서 사라지지만, 멀리 보이는 산은 그 장소에 오래 머무르는 것처럼.

달은 38만 킬로미터나 떨어진 장소에서 줄곧 그 위치에 머물러 있다. 그래서 내가 조금 움직이는 정도로는 보이는 위치가 변하지 않는 것이다.

겨우 그뿐인 것이었구나.

그때의 아빠라면 뭐라고 대답해 주었을까. 스마트폰과 같은 답을 내게 주었을까. 당시의 나는 그 이야기를 이해하려고 했을까.

그런 생각을 하며, 나는 뒷골목을 빠져나온 후 큰길을 걸어 야사카 신사로 향했다.

야사카 신사의 정문인 남루문(南樓門)을 지나자 등롱을 잔뜩 달아 둔 경내가 보였다.

살고 있었을 적에는 평범한 풍경이었던 거리의 모습이 지금은 훌륭하게 보인다. 이 경치는 교토 말고 다른 마을에서는 볼 수가 없었으니까.

두둥실 떠 있는 것만 같은 부드러운 등롱 불빛에 이끌리다시피 경내로 가까이 다가갔다.

밤의 야사카 신사는 무척이나 고요하다.

아무도 없는 건 아니다.

경내에서 참배를 하는 사람. 밤의 야사카 신사를 느긋하게 걷는 사람. 노점을 정리하는 사람. 아직 사람들은 조금 있지만, 아무도 소리를 내지 않는다.

조용히 자기 일을 정리하고, 끝낸 사람부터 돌아간다.

빨갛게 칠해진 누문(樓門)을 향해 걷는 사람들을 바라본 뒤, 나는 신사 안을 걸었다.

중앙의 경내를 지나 똑바로 걸어간 뒤, 오른쪽에 있는 나무들이 우거진 오솔길로 들어갔다. 조금 걸었더니 그리운 장소가 눈에 들어왔다.

나는 주위에 노보리[1]를 잔뜩 세운 그 사당을 향해 걸어갔다.

지금 눈앞에 있는 건 말사(末社)[2]다. 명칭은 우츠쿠시고젠사(美御前社).

이름대로 미의 신을 모시고 있는 장소다.

게이코나 마이코가 많은 기온에서는 옛날부터 '아름다움'을 원하며 이 사당에 참배하고 있었다.

이 근처에 사는 여성은 다들 이곳의 물에 한 번은 닿은 적이 있지 않을까.

1. 세로로 세우는 위아래로 길쭉한 직사각형 모양 깃발
2. 본 신사에 부속된 사당

우츠쿠시고젠샤 앞에 있는 검은 돌을 그릇 대신으로 삼아 죽통에서 신수(神水)가 졸졸 솟아 나오고 있다. 이건 '미용수'라 불리는 신수다.

이 물은 마시는 물이 아니니까 마셔서는 안 된다.

신수는 손에 덜어 피부에 두세 번 적시면 아름다워진다고 전해진다.

나는 솟아 나오는 물에 손을 뻗었다.

"히잇."

밤이 되어 물이 차가워진 것일까, 그게 아니면 신수이기 때문일까. 생각지 못한 차가움에 몸이 움찔 반응했다. 옛날에도 같은 일을 한 적이 있으면서, 어째서 잊고 있었던 걸까.

그래도 신수에서 손을 떼려고는 하지 않았다.

차가움이 천천히 침투해 왔을 무렵, 말사를 둘러싼 나무들이 소리를 냈다.

올려다보니 바람이 잎을 흔들고 있었다.

흔들리며 움직이는 잎들 사이로, 별들이 쏟아져 내릴 것만 같이 아름다운 밤하늘이 보인다.

"예쁘다……."

혼잣말을 중얼거린 뒤, 또다시 바람이 불어 잎이 움직이고, 별이 보이지 않게 되었다.

'……미인이 되고 싶어?'

그때, 누군가의 목소리가 들린 것 같은 느낌이 들었다.

목소리는 하늘에서 내려온 것만 같이 느껴졌다.

들려온 쪽으로 시선을 향했지만, 그곳에는 아무도 없다.

'저기…… 아카리.'

들려오는 목소리는 누구의 목소리였던가. 기억하고 있지는 않지만, 그리운 느낌이 들었고 마음이 편해지는 울림이었다.

갑자기 들려온 목소리였지만, 신기하게도 무섭지는 않았다.

이 목소리를 더 듣고 싶다고 생각한 나는 물에 손을 담근 채 눈을 감았다.

어린 시절의 내 목소리까지 들려오는 것 같았다.

'미인이라고 해야 하나, 조금은 정숙해져야만 할 것 같아서.'

'아카리한테는, 무리잖아.'

그 목소리는 하늘에서 내려오는 것이 아니었다.

그 목소리는 신들이 데리고 오는 바람과 함께 신수를 지나, 내 몸에 울려 퍼지는 것처럼 전해지고 있었다.

뇌리에 본 적이 없는 영상까지 흘러들어오는 것만 같다.

'미인이라는 거 말이야, 뭘 보고 미인이라고 하는 거지?'

또다시 낮은 목소리가 들렸다.

'예쁘다는 거 아니야? 예쁜 사람을 보면 기분이 좋잖아.'

고등학생인 내가 그렇게 대답했다.

'그런가.'

'응.'

'하지만, 사람의 아름다움을 나타내는 건 용모뿐만이 아니라고 생각하는데.'

'어?'

'말투나 행동거지, 그리고 지성도. 중요한 건 외견과 내면의 균형이 갖추어져 있는 것. 그런 걸 전부 포함해서 아름다움이라고 생각하는데 말이야.'

'……여전히, 난해하네.'

바람이 멎자 소리가 끊겼다. 더 이상 소리는 들려오지 않는다.

나는 신수에서 손을 꺼내고 젖은 손을 손수건으로 닦은 뒤 하늘을 올려다봤다.

밤하늘에는 커다란 달이 빛나고 있었다. 보름달 모양이 될 때까지 아직 시간은 조금 더 남은 듯 했지만, 충분한 빛을 품고 있는 것처럼 느껴졌다.

나는 커다란 달과 그 주위에서 반짝이는 별들을 보며 생각했다.

그 목소리의 주인은 누구였을까.

나는 이 장소에서 누군가와 무언가를 이야기했던 걸까. 무언가 소중한 추억이, 이 마을에 잠들어 있는 걸까.

나는 뭘 잊고 있는 거지—?

거기까지 생각한 순간, 나는 조금 전에 료칸 뒤에서 발견한 작은 등롱을 떠올렸다.

수국 색깔을 띤 손수 만든 등롱 뒤편에 떠올라 있던 하얀 글자는…….

"코우."

숨을 내뱉는 것처럼, 여름날 밤의 어둠 속을 향해 중얼거리고 있었다.

어떤 작은 소리조차도 전해질 것만 같은 조용한 여름밤인데도 그 목소리는 누구에게도 닿지 않았고, 저녁때와 마찬가지로 그 목소리는 내 곁으로 돌아올 뿐이었다.

답변이 없으리라는 건 알고 있었을 텐데.

이 장소라면 뭔가 알 수 있을지도 모른다. 떠올릴 수 있을지도 모른다.

어째서인지 그렇게 생각하고 말았던 나는 무심코 한숨을 내쉬었다.

그때, 중앙 경내 대각선 앞에 있는 신사 사무소의 불이 팍 꺼졌다.

신사를 밝히는 불빛은 세 줄로 늘어선 등롱과 군데군데 서 있는 가로등 불빛밖에 남지 않게 되었다.

여전히 교토의 밤은 빨리 끝나는구나…….

신사의 신이 '얼른 돌아가렴'이라고 말하는 듯한 느낌이 들었지만, 나는 어쩐지 아직 이 장소에서 떠나고 싶지 않아서, 오렌지색 불빛이 켜져 있는 돌계단을 발견하고는 그곳으로 향했다.

돌계단에 앉아서 가방 속에 넣어 둔 어떤 물건을 꺼냈다.

그건 연두색을 띤 일기장이다.

나는 페이지를 팔락팔락 넘겼다.

그리고 17살 여름의 페이지에서 손을 멈췄다.

당시의 일기를 다시 읽어 봤다.

6월 30일

내일부터 기온 축제가 시작된다.

나노카한테 '전야제 날에는 남자친구랑 같이 가고 싶어!'라고

말했더니,

'보름 만에 남자친구가 생길 리 없잖아.'라는 지적을 받았다.

이건 7년 전의 오늘이다.

나는 아직 첫사랑도 모르는, 그저 사랑을 동경하는 여자애였다.

7월 1일

믿을 수 없는 일이 일어났다.

타쿠토와 놀고 있었는데, 모르는 사람을 발견했다.

이름은,　　.

우리는 친구가 되었다.

부자연스럽게 비어 있는 공백 부분은 두 글자 정도 크기다.

나는 거기에 '코우'라는 글자를 넣어 일기를 읽기로 했다.

7월 1일

믿을 수 없는 일이 일어났다.

타쿠토와 놀고 있었는데, 모르는 사람을 발견했다.

이름은, 코우.

우리는 친구가 되었다.

짧은 문장이 생명을 불어넣은 것처럼 되살아났다.

그의 얼굴을, 그 모습을, 낮은 목소리를 떠올린 건 아니지만, 가슴 안쪽이 천천히 뜨거워져 가는 것을 알 수 있었다. 그 열은 간단히 식지 않을 것 같다.

분명 나는 이날, 어딘가에서 '코우'를 발견했다. 그리고 친구가 된 것이다.

그러고 나서 우리는…….

7월 2일, 3일로 이어지는 군데군데의 공백에도 코우를 넣어 가니, 일기 속의 이야기가 색을 띠기 시작했다.

처음 보는 소설을 다 읽은 뒤 가슴이 떨려 그 자리에서 일어서지 못하는 듯한 감각이었다. 바짝바짝 애태워진 몸은 마치 불타는 것처럼 아팠다.

나는 노트를 탁 덮고 눈도 감았다.

잠시 후 천천히 눈을 뜨자 눈물이 흘러넘치고 있었다.

이 마을은 시간이 멈춰 있는 것만 같다.

시죠도오리 모퉁이에 접해 있는 붉게 칠해진 오래된 신

사는 도읍이 교토로 옮겨지기 전까지 신을 받들어 모시던 유서 깊은 신사다. 신사 안에는 교토시에서 가장 오래된 공원인 마루야마 공원이 펼쳐져 있고, 공원 한가운데에는 커다란 수양올벚나무가 있다.

히가시오우지도오리에서 서쪽으로 가면 마이코나 게이코가 오가는 길인 하나미코우지도오리가 있다. 기온 북쪽에는 타츠미다이묘진 신사나 타츠미바시 다리가 있다.

어느 장소건 내가 교토에 살았던 7년 전 그대로다.

아니, 그대로는커녕 건물은 새로이 칠해지고 상품은 더욱 교토답게 되살아나 훨씬 아름다워진 것처럼 느껴진다.

역사적인 문화나 경관을 지키는 사람들의 마음이 교토의 시간을 멈추고 있는 것이리라.

과거를 떠올리려고 하면 현재의 장면이 그대로 딱 들어맞는다.

일기를 읽은 탓일지도 모른다.

교복을 입고 이 마을을 걸었던 17살의 내 마음이 생생하게 떠오르는 것만 같았다.

즐거웠던 일이나 괴로웠던 일, 그리고 기뻤던 일과 슬펐던 일도 전부.

나의 청춘은 교토와 함께 있었다.

여러 감정이 꿈틀거리는 것처럼 내 몸속을 돌고 있었다.

메말라 있던 몸에 물이 한꺼번에 흘러들어오는 듯한 감각이었다.

어쩐지 오늘은 잠들 수 있을 것 같지가 않다…….

집으로 돌아간 나는 2층에 있는 내 방에 이미 깔려 있던 이불 속으로 파고들었다.

이불 속에서도 가슴에 꼭 품고 있는 것은 연두색 일기였다.

나는 더 이상 잊고 싶지 않았다.

뇌리를 스치는 것처럼 되살아난 이 희미한 기억마저도 놓아버리고 싶지 않다고 강하게 느꼈다.

나는 천천히 눈을 감았다.

"코우."

꿈속에서 만날 수 있다면.

그렇게 바라고 마는 내가 있었다.

"좋은 아침이에요."

"잘 잤니, 아카리."

"어라? 엄마, 있었어?"

"더 빨리 일어났으면 없었을 거야, 아카리의 아침은 늦으니까 말이야."

"아하하."

웃으며 얼버무린 뒤 시계를 보니 벌써 11시였다.

아침이라기보다는 점심에 가깝다. 자취하던 방에서는 휴일이라도 평일과 같은 시간에 일어났는데.

"피로가 쌓인 거 아니니?"

엄마는 그렇게 말하며 부엌에서 국을 다시 데워주고 있었다.

"아빠는 일하러 갔어?"

"그래. 요새 바쁜 것 같더라."

"일이 많이 힘든가?"

"일도 힘든 시기긴 한데, 그뿐만이 아니고 대학 기숙사에서 불이 났다는 것 같아."

"뭐?!"

"그 일로도 이것저것 신경 쓸 게 많은 모양이라, 너희 아빠 지금 엄청 힘든 모양이야."

"그렇구나."

"모처럼 아카리가 돌아왔는데, 미안하구나."

엄마는 그렇게 말한 뒤 미안하다는 듯이 쓴웃음을 지었다.

"괜찮아. 신경 쓰지 않아도 돼."

부모님의 일이 힘들다는 건 어렸을 때부터 충분히 이해하고 있었다. 바쁜 나날 가운데서도 애정을 잔뜩 받아 왔다는 자각도 있다.

"아빠 너무 많이 일해서 쓰러지지 않도록, 엄마가 잘 지켜봐 줘."

"그래야겠지."

엄마는 그렇게 말하면서 국자를 사용해 옻칠이 된 그릇에 국을 담았다. 그리운 냄새가 났다.

"좋은 냄새."

식탁에 차려진 아침 식사는 밥에 된장국, 생선구이와 익힌 교토 야채를 함께 담은 것. 작은 접시 위에는 야채 절임. 고등학생 때와 다르지 않은, 평소와 같은 메뉴였다.

"잘 먹겠습니다."

나는 손을 모아 인사한 뒤 된장국을 후루룩 마셨다. 평소와 같은 다정한 맛이 난다.

자취를 시작한 지 벌써 7년. 식탁에 앉으면 요리가 나오는 것이 얼마나 고마운 일인지를 몸소 느낀다.

"엄마, 올해 된장도 직접 만든 거야?"

"그래. 도쿄에 갖고 갈래?"

"으음~. 아니, 괜찮아. 신칸센에서 냄새 풍길 것 같고."

"정말로 애는."

"그러니까, 택배로 보내줘."

"……알았어."

그렇게 말하며 다시 주방으로 돌아가는 엄마의 뒷모습을 보고 있었다. 엄마는 가스레인지에 불을 켜고 또 무언가를 만들기 시작하나 싶더니만, "이것도 먹어."이라고 말하며 삶은 두부전골을 가지고 왔다.

"와아, 삶은 두부네."

다시 데워진 두부전골에는 두부 옆에 길게 썬 파와 송이버섯, 쿄유바(京湯葉)*까지 곁들여져 있었다.

"아카리, 이거 좋아하지?"

"응!"

기뻐서 펄쩍 뛰어오를 정도다.

이 두부는 근처의 오래된 가게의 두부다. 맛있다고 평판이 자자해서 료칸에서도 사용되는 이 두부를 어릴 때부터 정말 좋아했다.

"어제 아카리가 돌아온다고 했더니, 많이 나눠 주셨어."

"아저씨가?"

---

* 교토의 특산 유바. 유바는 두유를 가열했을 때 만들어지는 막인데,
이것을 건져 그대로 먹기도 하고 다양한 요리에 쓰기도 한다.

"그래."

"……그렇구나."

"얼른 먹어. 식겠다."

"응."

엄마의 특제 폰즈에 삶은 두부를 찍어 입으로 옮긴다. 탱탱한 탄력이 있어 바스러지지 않는데도 입에 넣으면 녹아내리는 것처럼 퍼져 나간다. 달콤함이 감도는 두부의 맛은 옛날 그대로다.

나는 야채에도 손을 뻗었다.

산뜻한 다시로 맛을 낸 교토 가지, 머위 꽃줄기, 교토 당근. 이것들도 특히 맛있었다.

엄마는 거실에 인접한 다다미방에서 기모노의 옷매무새를 가다듬고 있었다. 나는 그런 엄마를 향해 말했다.

"엄마, 맛있어."

"그렇지? 만드는 법 가르쳐 줄 테니까, 도쿄에 가거든 카나데에게도 만들어줘."

"잘됐다. 그러면 카나데도 기뻐할 거야."

내 대답을 듣고 싱긋 미소 지은 뒤 시계를 본 엄마. 그에 이끌리는 것처럼 시계 쪽을 보자, 슬슬 료칸으로 돌아갈 시간이었다.

"그러고 보니 아카리, 어제 료칸에 왔었다며."

"사카이 씨한테서 들었어?"

"응? 사카이 씨 알고 있었어? 사카이 씨한테서는 아무것도 못 들었는데. 스태프 하는 애가 아카리 닮은 애를 현관 앞에서 봤다는 모양이라 나한테 가르쳐준 거야. 무슨 볼일 있었니?"

"아니, 아무 일도 없었어. 그냥 좀 보러 간 거야."

"그래?"

"있지, 엄마."

"응?"

"나 오늘도 한가한데……, 뭐 도울 거 있어?"

뺨이 화끈 달아오른 듯한 느낌이 들었다.

"뭐?"

"바닥 걸레질이든, 그릇 옮기기든, 정원 청소든 뭐든 할 건데."

눈은 맞출 수 없었다.

"그러면 료칸 청소하는 걸 도와줄래?"

"알았어."

엄마의 말이 기뻐서 나는 서둘러 밥을 먹기 시작했다.

"정말로 얘는 게걸스럽게! 하나하나 맛을 음미하면서

먹어야지!"

"눼에."

"입에 음식 넣고 말하지 말라고 했지!"

"눼—에."

"아카리!"

야사카 신사 남루문에서 남쪽으로 이어지는 길을 걸어가면 후미진 골목 안쪽에 우리 료칸이 있다.

료칸 현관을 열면 정면에 접수대가 있고, 그 오른쪽 옆에는 엘리베이터 홀이 펼쳐져 있다.

그 안쪽에는 다다미방으로 된 커다란 연회장. 접수대를 사이에 끼고 왼쪽에는 욕탕이 있다.

객실은 1층에 두 방. 2층에 여섯 방이 있을 뿐이다. 그렇게 큰 료칸은 아니다.

안뜰에는 금목서나 산다화가 심어져 있고, 객실에서는 보이지 않는 뒤뜰에 창고가 두 채 늘어서 있다.

2층 창문을 여니 달콤한 향기가 코를 간질였다.

나는 손님이 없는 방을 청소하는 것부터 시작했다. 금목서 향기에 둘러싸여 창문을 닦는 건 무척이나 기분 좋은 일이었다.

창문 닦기, 바닥 걸레질, 화장실 청소를 끝낸 나는 현관 앞에 물을 뿌리는 일을 맡았다.

햇볕에 달구어진 돌바닥에 물을 뿌리자 치익 하는 소리가 났다.

돌바닥 안쪽에 물이 스며드는 것을 바라보며 나는 물을 뿌려 나갔다.

눈에 비치는 것은 잘 관리된 옛날 그대로의 건물들이다. 이 근처는 료칸이나 일품요릿집이 늘어선 장소인 것이다.

물을 뿌리고 있자니 골목길 아래쪽의 큰길에서 왼쪽으로 꺾어 들어오는 인력거가 보였다.

기모노를 입은 젊은 여자 두 명을 태우고 있다. 그 인력거는 완만한 언덕길을 올라와 그대로 료칸 앞까지 와서 인력거를 멈췄다.

"여기로군요."

"고맙습니다."

"그럼, 멋진 푸른 달의 밤 되시기를."

하얀 티셔츠에 검은 바지 차림인 인력거꾼 청년이 그렇게 말하며 기모노 차림 여성을 배웅했다. 인력거에서 내린 여성 두 명은 서로 얼굴을 마주 보며,

"오늘이지."

"기대돼."

그렇게 말하고는 료칸 쪽으로 걸어왔다.

우리 료칸 손님이라는 걸 깨달은 나는 두 여성에게 "어서 오세요."라고 말하며 고개를 숙였다. 그와 동시에 료칸 안에서 엄마와 남성 스태프가 나왔다.

"저희 료칸에 오신 것을 환영합니다. 지치셨지요."

엄마는 두 여성에게 말을 걸면서 함께 료칸 안으로 들어갔다.

남성 스태프는 그녀들이 지니고 있던 약간의 짐을 옮기고 있었다.

일박 손님인 걸까?

그렇게 생각하며 고개를 숙이고 있는데, 사카이 씨가 엄마랑 엇갈리면서 나와 내 쪽으로 다가왔다.

"아카리. 고맙구나."

"아니에요. 제가 할 수 있는 거라고는 이 정도밖에 없기도 하고요."

"그렇지 않아. 무척 큰 도움이 되고 있어. 아카리의 얼굴을 볼 수 있는 것만으로도 안주인님은 무척 기뻐하시니까."

생긋 웃는 미소를 보내는 사카이 씨의 모습에 안심하는

내가 있었다.

“게다가 오늘은 특히 바쁜 밤이니까, 안주인님도 고마워하고 계신단다.”

“아, 그러네요. 기온 축제가 시작되었으니까 말이에요.”

“그뿐만이 아니라, 오늘은 보름달이야.”

보름달?

확실히 어제 본 달은 내일에는 보름달이 되겠다는 생각이 든 달이었지만, 보름달 같은 건 그리 드문 것도 아니지 않나, 하고 생각했다.

보름달은 한 달에 한 번은 찾아오는 것이니까.

“보름달을 보러 일부러 교토에 와요?”

나는 사카이 씨가 무슨 말을 하고 싶은 건지 잘 이해할 수 없었다.

달은 누구 뒤든 쫓아오는 것처럼 보이니까, 어느 지역에 있든지 보름달을 볼 수 있을 것이다.

“나도 자세히는 모르지만, 올해 7월의 보름달은 여느 때와는 다른 보름달이라는 모양이야.”

“여느 때와는 다르다니요?”

“올해 7월은 월초와 월말에 두 번, 보름달을 볼 수 있다는 모양이던걸?”

"그렇군요……."

"보름달이 한 달에 두 번 나타나는 현상을 블루문이라고 한다는 것 같아."

"블루문……."

그런 말은 처음 들어봤다.

"달이 푸르게 보이는 걸까?"

"글쎄, 어떠려나?"

혼잣말처럼 중얼거린 말에 사카이 씨가 미소를 지으며 대답해 주었다.

"하지만 교토에서만 볼 수 있다는 건 아니죠? 달은 어디서든 볼 수 있으니까요."

그렇게 말한 내게 사카이 씨는 놀라운 대답을 들려주었다.

"몇 년 전 블루문이 뜬 날 밤에 아라시야마 쪽에서 기적이 일어났다는 소문이 있다더구나."

"네……?"

"그 소문을 들은 사람들이 블루문이 뜨는 날 밤에 교토로 찾아오는 것 같아."

아라시야마? 블루문? ……기적?

사카이 씨가 하는 말의 의미를 전혀 이해할 수 없었던

나는 "무슨 일이 있었던 건가요?"라고 고개를 갸웃하며 물어봤다.

"나도 자세히는 모른단다. 여기까지는 손님에게서 들은 이야기일 뿐이야."

"……그렇군요."

"분명 도시 전설 중 하나라고 생각해."

도시 전설이라…….

"아카리는 신경 쓰지 말렴."

"네. 알았어요."

교토는 역사가 있는 도시다. 그와 동시에 다양한 이야기가 잠들어 있다.

어떤 장소에서는 여우가 사람으로 둔갑해 나와서 속아 넘어갔다든가, 근처에 있는 산네이자카에서는 넘어지면 3년 이내에 불행한 일이 생긴다든가 하는 갖가지 뜬소문이 끊이질 않는다. (실제로 나는 산네이자카에서 몇 번이나 넘어졌지만, 아무 일도 일어나지 않았다.)

그러니 '몇 년 전에 교토의 아라시야마에서 블루문이 뜬 날 밤에 기적이 일어났다'는 이야기도 그런 부류 중 하나일 것이다.

료칸 일을 돕는 걸 끝내고 옷을 갈아입은 뒤 집으로 가려고 밖에 나왔더니 주변은 온통 짙푸른 어둠으로 뒤덮여 있었다.

료칸 쪽을 뒤돌아보자 불이 켜져 있는 방이 두둥실 떠올라 있다.

이 근처의 가게도 분명 영업이 끝났을 테지.

“배고프네.”

혼잣말을 내뱉은 나는 ‘역시 시내로 가자.’ 그렇게 생각을 고쳐먹고 언덕길을 내려갔다.

시내 쪽으로 가면 북적이는 밤이 계속된다. 맛있는 밥집도 잔뜩 있다.

야사카 신사 남루문 밑을 지나 왼쪽으로 꺾은 뒤 신사 사무소 앞을 걸어갔다.

꾸불꾸불한 돌계단을 내려가니, 요일을 따지지 않고 늘어서 있는 몇 안 되는 노점도 벌써 영업이 끝나 있었다.

시죠도오리 모퉁이에 있는 서루문 앞에 서자 북적거리는 교토의 밤거리가 눈에 들어왔다.

어느 가게에 갈까?

긴 돌계단을 내려가면서 생각하고 있었다. 떠오른 것은 고등학교 때부터 친구들과 자주 갔던 철판구이 가게였다.

혼자서 들어가는 건 용기가 필요했지만, 실제로 들어가 보니 즐거웠다.

철판을 사이에 낀 카운터 너머로 싹싹한 여주인이 여러 이야기를 들려주었다.

가게 안에서는 시라카와강이 보였다. 푸른 잎이 아름다운 버드나무도 보인다. 아름다운 경치에 반한 것처럼 그 쪽을 바라보고 있는데, 타츠미바시 다리 위를 마이코가 걷고 있었다.

또각또각, 하고 어디선가 나막신 소리가 들려올 것만 같았다.

"잘 먹었습니다."

다 먹은 뒤 빨간색 융단이 깔린 현관에서 여주인에게 인사하자,

"고마워요. 또 와 줘요."

라며 교토 억양으로 말했다.

나는 여주인의 미소에 끌린 것처럼 싱긋 미소를 지어 보인 뒤 가게에서 나왔다.

가게를 나오자 바깥은 완전히 밤이었다.

하지만 머리 위에 펼쳐진 야음의 색이 어제보다 어렴풋이 파랗게 느껴졌다.

반짝반짝 빛나는 별들이 밤하늘에 걸려 있다.

밤하늘 한가운데에 크고 둥근 보름달이 있다.

보름달은 희미한 파란색이었다.

어쩐지, 아름답다…….

푸른 달에서 내려오는 빛까지 푸르게 비치고 있었다. 나는 이런 밤을 본 적이 없다.

신비로운 공간에 있는 기분이었다.

커다란 보름달 쪽으로 이끌리는 것처럼, 돌바닥이 이어지는 좁은 길을 걸어갔다.

오래된 요리집이나 다방이 줄지어 늘어선 좁은 골목길을 조금 걷자 타츠미바시 다리에 도착했다.

시야가 트이자 그 세상은 더욱 푸르게 보였다.

시라카와강에 걸린 작은 다리의 색깔까지 어슴푸레한 파란색으로, 시라카와강에 반사되는 빛까지도 파랗게 비쳤다.

붉은색과 녹색의 대비가 아름다운 이 다리 전체가 희미한 파란색으로 덧칠해진 것처럼 보인다.

야음의 칠흑 속에서 고요히 잠자는 건물들을 푸르게 채색하는 세계는, 무척이나 아름다웠다.

이런 세계가, 있구나…….

흘러넘치는 듯한 숨을 내쉰 뒤 문득 떠올린 것은 저녁에 사카이 씨에게서 들은 말이었다.

'올해 7월의 보름달은 여느 때와는 다른 보름달이라는 모양이야.'

'여느 때와는 다르다니요?'

'올해 7월은 월초와 월말에 두 번, 보름달을 볼 수 있다는 모양이던걸?'

'그렇군요…….'

'보름달이 한 달에 두 번 나타나는 현상을 블루문이라고 한다는 것 같아.'

'블루문……. 달이 푸르게 보이는 걸까?'

'글쎄, 어떠려나?'

그 이야기는 정말이었어…….

오늘은 몇 년에 한 번밖에 찾아오지 않는, 블루문이 뜨는 밤이구나—.

가슴이 두근두근 울렸다. 호흡이 어려워지기 시작했다.

푸른빛은 내 앞에 길을 만드는 것처럼 쏟아지고 있었다.

나는 푸른빛의 행방이 궁금해져서, 빛의 길을 더듬다시피 걸었다.

푸른빛에 이끌리는 것처럼 걸어갔더니, 타츠미바시 다

리를 건너 타츠미다이묘진 신사를 지나 신바시 다리에 도착했다.

이 다리에는 커다란 수양버들이 있다. 여기에 오면 버드나무의 푸른 잎들이 하늘에서 내리는 것 같다는 생각이 언제나 든다.

오늘의 수양버들은 파랗게 빛나고 있었다.

나는 그 버드나무 아래에서 멈춰 서서 신바시 다리 끝을 바라보았다.

이 다리를 건너 쭉 걸으면 하나미코우지 길이 있었다. 푸른빛은 수양버들 너머에 있는 다리의 건너편, 하나미코우지 길로 이어지는 샛길을 비추고 있었다.

많이 봐서 익숙한 광경일 터인데, 내 다리는 움직이지 않았다.

그건 신바시 다리의 중간부터 맞은편이 무척이나 새파랬기 때문이었다.

마치 다리 한가운데에 선이 그어져 구분된 것처럼 색이 달랐다.

내가 있는 세상은 파랗다고는 해도 어디까지나 하늘색 같은, 파랗지만 파란빛이 충분히 닿지 않는 장소였다.

하지만 저쪽은 다르다.

그 세계는 진한 남색을 띠고 있었다.

마을은 이어져 있을 텐데, 다리 가운데부터 그 너머는 같은 공간이라고 생각되지 않았다.

어떻게 된 거지?

나는 혼란스러워하면서도 그쪽 세계를 보고 있었다.

가슴이 두근, 하고 울렸다.

그쪽의 짙은 푸른색 세계 속에 누군가가 있는 것이 보인다.

신바시 다리 건너편에서 누군가가 푸른 달을 올려다보고 있다.

그건, 남자였다.

키는 크며 날렵한 눈매에 오뚝한 콧대, 연한 입술, 색소가 옅은 머리카락. 티셔츠 밖으로 보이는 팔은 호리호리하지만 가냘프지는 않다.

넋을 잃은 것처럼 그 모습을 바라보고 있었더니, 뺨을 타고 뜨거운 것이 흐르는 듯한 느낌이 들었다.

나는 손을 대서 자신의 뺨을 만져 봤다.

투명한 눈물방울이 집게손가락 안쪽 위에 맺혀 있었다.

나는 나도 모르는 사이에 울고 있었다. 지금도 여전히 눈물이 뺨을 타고 떨어지고 있다.

나는 어째서 울고 있는 걸까?

스스로에게 그렇게 질문해 봤지만, 답은 알 수 없었다. 하지만 눈물은 그치지 않는다.

그리고 그 눈물은 괴로운 것이 아니었다.

나는 그를 봐서 기쁘다고 느끼고 있는 걸까.

심장 언저리의 혈액이 끓어오르는 것만 같이, 가슴 안쪽에 잠들어 있는 이 뜨거운 마음은 대체 뭐지?

나 자신에게 물음을 던지며 그의 모습을 보고 있었다.

키가 큰 그가 있는 세계가 눈물에 천천히 번져 갔다.

'다시 한번 만날 수 있다면.'

마음속에서, 내 안의 누군가가 중얼거린다.

'만약, 너를 만날 수 있다면…….'

어째서 그를 보면서 이런 생각을 하게 되는 걸까.

'나는, 다시 한번…….'

꽃잎이 흩날려 떨어지는 것처럼, 수양버들에서 넘쳐흐르는 푸른빛이 나를 파랗게 물들여 간다.

푸른 세계에 있는 그에게서 눈을 뗄 수가 없다.

나는 흘러넘치는 눈물을 닦으며 생각했다.

만약 그쪽으로 걸어가면, 그가 있는 짙은 푸른색 세계로 갈 수 있을까?

그의 목소리를 들을 수 있을까?

푸른빛이 만들어 내는 길을 따라 걸어가면, 나는…… 저 사람을, 만날 수 있는 거야?

가자.

나는 푸른빛의 알갱이에 둘러싸이면서, 푸르디푸른 세계 속으로 발을 들여놓았다.

제3장

“아야야…….”

“거창하게도 넘어졌네. 괜찮냐?”

“으음…. 조금 아프지만, 괜찮아.”

“괜찮냐. 다행이군. 일어설 수 있겠어?”

“응.”

고개를 끄덕이고 일어서려 했을 때, 양 무릎에 격통이 느껴져 나는 다시 그 자리에 주저앉고 말았다.

“으와, 아카리. 그거 안 되겠는데.”

짧게 신음한 나한테 말을 걸고 있는 건 이이지마 타쿠토. 내 소꿉친구다.

타쿠토와 나는 같은 나이로, 집이 가깝고 유치원부터 고등학교까지 줄곧 같은 학교에 다니고 있었다.

타쿠토와 나는 언제나 함께였다.

타쿠토는 이 관계를 '질긴 인연'이라고 했다.

그에 관해서는 나도 동감이지만, 나는 타쿠토를 오빠처럼 느끼기도 하고, 남동생처럼 느끼기도 했다.

외동딸이라서 형제를 동경하는 마음이 있었던 걸지도 모른다.

때때로 형제가 있으면 이런 느낌일까…… 하고 타쿠토를 보며 생각했다.

그만큼 타쿠토는 내게 가족 같은 존재였다.

"무릎에서 피 엄청 나온다."

익숙한 갈색 머리카락이 눈앞에 다가왔다. 쪼그려 앉은 타쿠토가 내 무릎을 살펴보고 있다. 타쿠토의 말대로 양 무릎에서 피가 나오고 있었다. 그 빨간색은 얼룩처럼 퍼져 나갔다.

"저기, 괜찮아?"

그때, 우리 바로 위에서 처음 듣는 목소리가 났다.

소리가 난 쪽을 보자, 거기에 모르는 남자의 얼굴이 있었다.

"아, 그게,"

나는 누구였더라, 하는 생각에 기억을 정리했다.

갑자기 느낀 아픔 때문에 한순간 기억이 날아가 버렸기 때문이다.

그 사람은 늘씬하고 키가 컸으며, 이목구비가 또렷했다. 색소가 옅은 머리카락이 달밤에 비치고 있다.

복장은 티셔츠와 청바지 차림. 검고 부드러워 보이는 티셔츠가 그의 좋은 체격을 돋보여 주고 있었다. 아래쪽에서 보고 있기 때문인지는 몰라도, 여하튼 다리가 길쭉하다.

그 사람은 무척이나 아름다운 사람이었다.

"괜찮…… 아요."

어째서인지 목소리가 떨렸다.

낯을 가리는 성격이 아닌데, 어째서지?

스스로에게 그렇게 묻다가 문득 이런 생각이 들었다.

나, 긴장하고 있나?

"저기, 그쪽은?"

그는 뺨이 조금 굳어진 채, 마치 이해할 수 없다고 말하고 싶은 것처럼 미간을 찌푸리며 말했다.

"너는 나한테 부딪치지 않도록, 일부러 넘어진 거지?"

"일부러?"

나도 모르게 되묻고 말았다.

"아니야?"

"그게……."

넘어진 순간이 기억나지 않았다. 나는 어째서 넘어진 거지?

게다가 이렇게 요란하게 넘어질 정도로 운동신경은 나쁘지 않을 텐데…….

그때, 무슨 일이 있었던 거지?

시간을 거슬러 올라가는 것처럼 자신의 기억을 더듬어 갔다.

방과 후에 집으로 돌아온 나는 교복을 입은 채 집 근처의 공원으로 갔다. 그곳에 가면 타쿠토가 스케이트보드를 타고 놀고 있을 것이라고 생각했기 때문이다.

예상은 적중했고, 타쿠토는 언제나 가던 공원에서 스케이트보드 연습을 하고 있었다.

나는 옆에 놓여 있던 타쿠토의 오래된 스케이트보드를 빌렸다.

내가 올 것이라 예상하고 가져와 준 것이리라.

둘이서 정신없이 놀고 있었다.

생각보다 시간이 많이 지난 모양이라, 정신을 차리고 보니 주변은 검푸른 어둠으로 뒤덮여 있었다.

남색 하늘에서 푸른 빛줄기가 뻗어 있는 것처럼 보여서, 나는 밤하늘을 올려다봤다.

그곳에서는 커다란 달이 빛나고 있었다.

오늘의 달은 보름달이었다. 그리고, 희미한 파란색이었다.

그 보름달은 특별한 달처럼 보였다.

평소에는 쫓아오는 것처럼 보이는 달을, 어째서인지 오늘의 나는 쫓아가고 싶었던 것이다. 환상적인 색을 띤 보름달을 좀 더 가까이서 보고 싶다. 직감으로 그렇게 느꼈다.

하지만 그런 말을 했다가는 '너는 고등학생이 되어서도'라며 어이없어할 타쿠토의 얼굴이 눈에 선했기에, 나는 스케이트보드 연습이라고 거짓말을 하고 달이 크게 보이는 장소를 향해 이곳으로 왔다.

익숙하지 않은 스케이트보드는 점점 속도가 빨라졌고, 스케이트보드를 제어할 수 없게 되고 만 나는 신바시 다리까지 달려오고 말았다. 그리고…….

그래. 여기에, 이 사람이 서 있었다.

커다란 수양버들의 그림자가 그에게 드리워져 있었다.

그 탓에 나한테는 그의 존재가 직전까지 보이지 않았고.

'아카리! 앞에, 사람 있어!'

타쿠토의 목소리로 알아차렸지만, 때는 이미 늦었다.

'어떡해! 멈출 수가 없어!'

안 돼, 부딪치겠어—.

그렇게 생각했을 때, 나는…… 그 사람에게 충돌하기 직전, 스스로 넘어지는 길을 선택한 것이다.

그리고 정신을 차리고 보니 지금이었다.

내 양 무릎은 피범벅에, 몸 이곳저곳이 아프다.

고통이 격심한 허벅지를 살펴보기 위해 치마를 걷어 올리자, 보라색으로 변한 내출혈 흔적이 몇 군데 보였다.

"아카리!!"

언성을 높인 건 타쿠토다.

"치마 걷어 올리지 마!"

"괜찮아. 제대로 생각해서 걷어 올린 거야."

"생각해서 치마 걷는 녀석이 어디 있냐!"

정말, 타쿠토는 입이 험하다니까.

나는 투덜투덜하면서 치마를 원래대로 되돌렸다. 그때, 조금 전의 목소리가 또 들렸다.

"바래다줄게."

조금 전보다도 가까이에서 들린 목소리를 의아하게 여기면서 그쪽을 보니, 커다란 등이 눈앞에 다가왔다. 부드러운 티셔츠가 그의 등을 또렷하게 부각시키고 있었다. 마른 체형으로 보였는데, 골격이 도드라져 보이는 커다란 등이었다.

"업혀."

내 쪽을 향한 넓은 등이 내게 말했다.

"괜찮아요! 괜찮아요!"

그에게는 내 모습이 보이지 않을 텐데도, 나는 고개를 도리도리 가로저으며 대답했다.

누군가의 등에 업히다니, 당치도 않아!

"정말로 괜찮아요!"

"난 괜찮으니까 사양하지 않아도 돼."

"그런 게 아니라, 진짜로 무리예요!"

무거우니까!

"그 정도 무게라면 문제없어."

"아시는 거예요?"

일부러 명확하게 하지 않았던 말을 알아차린 데 너무 놀란 나머지 솔직하게 묻고 말았다.

"왠지 모르게."

"아뇨, 정말로 괜찮습니다."

우리의 대화를 가로막듯이 그렇게 말한 건 타쿠토였다.

타쿠토는 그의 등에 손을 올리고 말했다.

"이 녀석 잘못이니까, 스스로 걷게 하겠습니다."

"냉혈한! 악마!"

"시끄러워. 아카리 네가 폭주하니까 그렇지!"

타쿠토와 옥신각신하면서 간단한 치료를 끝내고, 나는 일어섰다.

일어설 수 없을 정도로 아프다고 생각했었지만, 시간이 지나 그 고통에도 익숙해진 모양이었다.

어릴 적부터 몇 번이나 넘어진 탓에, 내 무릎은 튼튼해져 있었던 모양이다.

오른쪽 무릎만 쓸려버려서 빨간 피가 반창고 위에서부터 스윽 스며 나오고 있긴 했지만, 그곳 말고 다른 곳의 피는 멎는 것도 빨랐다.

그는 미안하다는 듯한 눈으로 나를 보고 있었다.

'나한테 부딪치지 그랬어.'

눈을 가늘게 뜬 그가 그렇게 말한 듯한 느낌이 들었다.

나는 그를 올려다보고 부드럽게 미소 지어준 뒤 말했다.

"그쪽은 괜찮으신가요?"

"나? 나는 괜찮아. 다친 데는 아무 데도 없어."

"다행이다."

진심으로 목소리가 새어 나왔다.

"뭐?"

"당신이 다치지 않아서, 다행이에요."

"네 덕분이야."

"아카리예요."

'너'라고 불리는 게 몹시 쑥스럽게 느껴져, 나는 내 이름을 말해 주었다.

"제 이름은 미야마 아카리예요."

"아카리… 라."

그가 중얼거리듯이 말했다. 나는 되묻고 말았다.

"당신은요?"

"나는…… 코우."

그는 자신의 이름을 말한 뒤, 문득 시선을 들었다.

그의 눈에 커다랗고 푸른 달이 비쳐서, 길고 날렵한 눈 속의 눈동자가 파란색을 띠었다.

다시 내게 시선을 돌리자, 그의 눈동자는 검은색과 파란색이 겹쳐져 푸르스름한 회색으로 보였다.

"타츠미 코우."

빨려 들어간다, 그렇게 느꼈다.

그의 눈동자에, 목소리에, 푸른 달빛을 등진 그 모습에.

나는 순식간에, 빨려 들어갔다.

망가져버린 스케이트보드를 손에 든 채, 우리는 왔던 길을 걸어서 돌아갔다.

왼쪽 옆에는 내가 탔던 스케이트보드를 품에 낀 코우가 있었다.

'그 정도는 스스로 들 수 있어!'라고 말했지만, 코우는 양보하지 않았다.

'이 정도는 내가 하게 해 줘.'

미안하다는 듯한 표정으로 그렇게 말하니 거절할 수가 없었다.

나는 코우에게 "고마워."라고 말한 뒤 오른쪽에 있는 타쿠토에게 말을 걸었다.

"타쿠토, 미안. 이 스케이트보드, 물어줄게."

"됐어. 낡은 거니까. 그것보다 이름 맨날 말하잖아. 그거 스케이트보드가 아니라, 페니."

"으음~. 어떻게 봐도 스케이트보드 같은데."

"하나로 뭉뚱그리지 말라니까. 내 건 크루저, 아카리가 쓰고 있는 건 페니."

"응."

"페니는 동네에서 타는 용도고 속도가 붙기 쉬우니까 조심하라고 항상 말하잖냐?"

아차. 타쿠토의 설교가 시작되고 말았다.

타쿠토가 들고 있는 쪽은 트릭을 즐기기 위한 스케이트보드로, 타쿠토처럼 스케이트보드를 타는 사람들은 그걸 크루저라고 부른다.

내가 빌린 건 크루저보다도 한층 작다. 동네에서 타는 용도의 미니 크루저를 페니라고 한다는 모양이다.

"초심자는 보드 공원에서 멋대로 나가지 마."

"네~에."

관광객에게는 상냥한 기온이지만, 마을 아이들에게는 상냥하지 않다.

놀 수 있는 곳이 적고, 아이들의 수나 학교도 점점 줄어들고 있다.

화려한 마을을 볼 때마다 우리가 사는 장소가 아니게 되어 가는 느낌이 들어서, 조금 쓸쓸하게 느끼고 있었다.

그래서 타쿠토나 친구들이 공원에서 놀고 있는 걸 보면

안심하고 만다. 이곳이 아직 우리들의 마을이라는 생각이 들어서.

금세 다른 것에 흥미를 느끼기 쉬운 나는 공원만으로는 성에 차지 않아서, 그대로 달을 쫓아갔고.

폭주하고, 다쳐서 모두에게 폐를 끼치고…….

정말, 뭘 하고 있는 걸까…….

"뭐? 무리라고."

반성하면서 걷고 있었더니, 오른쪽에서 목소리가 났다.

"어째서 내가, 잠깐!"

그쪽을 보니 타쿠토가 휴대폰을 귀에 대고 누군가와 이야기를 하고 있었다.

"……하, 정말 어이가 없네."

상대 쪽에서 먼저 전화를 끊은 걸까. 타쿠토는 기계음이 흘러나오는 휴대폰을 든 채 입을 떡 벌리고 있었다.

"왜 그래?"

어느새 전화벨이 울렸던 걸까. 진동으로 해놨던 건가?

"미안. 우리 엄마가 학원에 여동생 마중하러 가라고 하는데……."

타쿠토는 그렇게 말하고는 내 뒤쪽의 풍경을 힐끔 바라봤다. 그러자 금방,

"역시 거절할게."

다시 전화를 걸려고 했기에, 나는 그걸 멈췄다.

"괜찮아. 가줘. 나는 혼자서도 괜찮으니까."

"그래도."

"제가 바래다줄게요."

등 뒤로 전해지는 목소리에 가슴이 두근거리며 울렸다.

천천히 뒤돌아보자 코우가 타쿠토를 똑바로 바라보며,

"무사히 바래다주겠습니다."

조용히 그렇게 말했다.

우리는 길을 장식하듯 켜져 있는 하나미코우지도오리의 오렌지색 등롱 아래를 걷고 있었다.

집으로 가는 동안 한 마디도 이야기할 수 없었다. 코우 역시 아무 이야기도 하지 않았다. 시간으로 치면 15분 정도의 일이었다.

하지만 그건 무척이나 긴 시간처럼 느껴졌다. 그와 동시에 눈 깜짝할 사이인 것 같기도 했다. 시작은 갑작스러웠지만, 이런 식으로 어깨를 나란히 하고 걷는 건 특별한 일이 아니라는 생각이 드는 시간이었다.

이따금 불어오는 바람이 치근거리는 것처럼 내 몸을 어

루만졌다.

시라카와강 강변에서는 느껴지지 않았던 여름 특유의 공기와 열이 이곳에는 아직 남아 있었다.

"밤인데, 덥네?"

코우가 혼잣말처럼 중얼거렸다.

나는 코우를 올려다봤다.

푸르께한 빛이 색소가 옅은 머리카락을 감싸고 있었고, 눈동자가 푸른빛에 반사되고 있었다. 푸르스름한 색이 감도는 회색 눈동자가 나를 보고는,

"나만 그런가?" 그렇게 말했다.

"……아니. 나도 더워."

자연스럽게 관서 억양을 사용하지 않고 대답했다. 그가 표준 억양을 사용하기 때문일지도 모른다.

"그렇구나……."

그의 목소리는 속삭임 소리와 비슷하다.

조용하게, 목소리를 낮추는 것처럼, 속삭이는 것처럼 직접 내 안쪽에 전해져 온다.

기분 좋게 울리는 소리를 좀 더 듣고 싶다고 생각했다.

"이 마을은 대단하네. 장소에 따라 온도가 달라."

"교토의 여름은, 처음이야?"

조심스레 물었다.

"응."

"어디에 살아?"

"나?"

그는 표준 억양을 쓰고 있었다. 그러니 관서 사람이 아니라는 건 분명했다.

"그러니까, 나는……."

"대학생이야?"

그가 대답하기 전에 묻고 말았다.

생각한 걸 금방 입 밖으로 내고 만다. 안 좋은 버릇이라는 건 스스로도 알고 있는데, 좀처럼 고치지 못한다.

"뭐…… 그런 거려나."

"나이는 몇?"

분명 나보다 연상일 것이다. 이 사람은 무척이나 차분하니까.

"열아홉."

"나보다 두 살 위네."

"그럼, 열일곱 살인가."

"응."

"아."

자갈을 밟는 소리가 길게 이어지고 있다는 걸 깨닫고 멈춰 섰다.

"왜 그래?"

갑자기 멈춰 선 나를 그가 이상하다는 듯이 쳐다봤다.

"……미안. 길을 착각했어."

나는 붉은색 토리이 앞에서 대답했다.

동쪽에 있는 이 토리이를 지나면 뒤로 히가시야마가 펼쳐진 도시공원으로 이어진다.

본래라면 오른쪽으로 꺾어야만 하는데, 여기까지 걸어온 모양이다.

이곳은 내 고향이라 집으로 가는 길 같은 건 몸에 배어 있을 텐데도. 착각하고 만 나 자신에게 놀라고 있었다.

"그럼, 다시 돌아갈까."

싫은 표정 하나 짓지 않고 그가 말했다. 왔던 길을 가리키며 "이쪽?"하고 말끝을 높였다.

나를 보는 그의 등 뒤로 보름달이 보였다.

푸른 달빛이 빛나는 여름날의 밤, 색소가 옅은 그의 머리카락과 넓은 어깨, 뼈가 도드라진 손과 아래위로 움직이는 목울대가 푸르게 밝아져 보였다.

아름답다는 생각이 들었다.

달밤에 보는 남자를 아름답다고 생각한 건 이때가 처음이었다.

“응. 아, 하지만 이쪽으로도 갈 수 있어. 마루야마 공원을 빙 돌아서 가는 거라 조금 멀리 돌아가게 되는 거지만 그래도 괜찮다면 말이야.”

조심스럽게 그리 말하자 그는 부드러운 미소를 띠고,

“나는 이 마을을 좀 더 알고 싶으니까, 그편이 좋겠네.” 라고 말했다.

“그럼, 이쪽으로.”

우리는 완만한 언덕길을 오르듯이 걷기 시작했다.

자갈이 빽빽하게 깔린 지면에서 아스팔트길로 바뀌는 이 갈림길이 신사와 공원의 경계선이다. 완만한 언덕 위에 드넓게 펼쳐진 아름다운 공원은 밤의 어둠에 녹아들어 잡목림처럼 보이기도 했다.

그곳에서 매미 소리가 터져 나오는 것처럼 들려오기 시작했다. 공원 중앙까지 오자 매미 소리는 폭풍처럼 격렬하게 내리쏟아졌다.

“엄청난데.”

나무들을 올려다보며 코우가 말했다.

“매미, 맞지.”

역시 코우는 도시 사람인 걸까.

높은 빌딩으로 둘러싸여 흙이나 녹음이 적은 도시에 살고 있는 걸까?

그래서 분명 산도, 숲도, 귀를 찌를 듯이 요란하게 울어대는 매미 소리도 모르는 것이리라.

코우와 나의 분위기가 다른 것은 자란 장소의 차이일지도 모른다.

"코우는 말이야, K대 다녀?"

무심코 묻고 말았다.

"왜?"

"거기, 아빠가 있는 대학이야. 전국에서 학생이 모인다고 했었으니까."

"……그렇구나."

"그럼, 큰일이겠네. 기숙사에 불이 나버린 거지?"

"……."

"그래서 거기에 있었던 거야? 갈 곳이 없어서."

"뭐, 그렇지."

"그렇구나. 그럼 오늘은 어쩔 거야?"

"적당히 보내려고."

"적당히라니, 언제까지?"

"아침까지… 려나."

아침까지라니……. 사람들은 그걸 노숙이라고 부른다고 생각하는데.

"그건 안 되지."

요란하게 울어 대는 매미들 사이에서, 코우가 노숙하는 모습을 상상하고 말았다.

교토는 평온한 마을이지만, 많은 사람들이 뒤섞여 있기에 100% 안전하다고는 단언할 수 없다.

"뭐, 나는 남자니까 어떻게든 될 거야. 일단 바래다줄 테니까 집을 가르쳐줘."

코우가 그렇게 말했다.

이날의 나는 조금 이상했던 거라고 생각한다.

코우에게 노숙 같은 걸 시킬 수는 없다.

그렇게 생각한 나는 망설이는 코우를 료칸까지 데리고 가서, 일하던 중인 엄마를 불렀다. 엄마한테 꾸중을 들으면서도 코우를 소개하고,

'이 사람, 아빠네 대학의 학생분! 기숙사가 화재로 타버려서 돌아갈 곳이 없대! 그러니까 집에 묵게 해줘!'

그런 말을 했으니까 말이다.

그날 밤, 내 방으로 돌아간 뒤 침대에 뒹굴 드러누웠다.

코우는 1층 객실에 있다. 지금쯤 엄마가 손님용 이불을 깔고 있으리라.

코우는 지금 어떻게 생각하고 있을까. 이 집에 데리고 와서 정말로 괜찮았던 걸까……?

그런 생각을 하며 목제 천장을 바라보고 있었다.

'갈 곳이 정해지면 금방 나가겠습니다.'

마지막에 그렇게 말한 코우에게,

'언제든 괜찮아. 신경 쓰지 말고. 사람들이 묵고 가는 데는 익숙하니까.'

그렇게 말한 엄마의 목소리는 료칸 안주인으로서의 목소리였을까. 아니면 아버지네 대학 학생에 대한 친절에서 나온 것이었을까.

'훈남은 대환영이지.'

망설이는 코우에게 그렇게 말하며 미소 지어 준 엄마한테 진심으로 감사했다.

갈 곳이 없는 그를 혼자 둘 수는 없으니까.

코우는 갈 곳이 없어 정말로 난처했던 모양이라, '감사합니다.'라며 깊이 머리를 숙였다.

엄마가 이해심이 있는 사람이라 다행이라고 생각하며,

나는 침대에서 일어나 책상으로 향했다. 오늘의 일기를 쓰는 걸 깜박 잊고 있었던 것이다.

나는 서랍 속에 넣어 둔 연두색 노트를 꺼내 일기를 썼다.

7월 1일

믿을 수 없는 일이 일어났다.

타쿠토와 놀고 있었는데, 모르는 사람을 발견했다.

이름은, 코우.

우리는 친구가 되었다.

○ ○ ○

아침에 일어나니 코우는 이미 없었다.

다음날, 나는 밤이 오는 걸 기다려 교토의 언덕을 내려갔다.

올려다본 감색 하늘에는 희미한 빛을 내뿜는 보름달이 떠올라 있다. 오늘의 보름달 색깔도 어슴푸레한 푸른색이었다.

"예쁘다……."

푸른 달을 올려다보며 불쑥 중얼거렸다.

푸른 달은 눈앞의 길을 희미하게, 따스하게 비추고 있었다. 나는 푸른 달이 만들어 낸 빛의 길을 걸어갔다.

보름달이 가까워져 간다.

도망치고 싶어도 도망칠 수 없고, 쫓아가고 싶어도 쫓아갈 수 없는 달이 커다랗게 빛나 보인다. 큰길의 교차로를 건너 목조 가옥이 늘어선 좁은 골목길을 지나 도착한 장소는 어제와 같은 곳이었다. 그곳은 신바시 다리 위였다.

펼쳐진 풍경도 낯이 익다.

신바시 다리 한쪽 구석에서는 지면에 닿을 정도로 늘어진 버드나무가 바람에 살랑살랑 흔들리고 있었다.

가지를 늘어뜨린 버드나무도, 그 모습이 비치는 시라카와강의 강물도 푸른 보름달빛이 반사되어 희미한 푸른색으로 반짝이고 있다. 내가 걸어온 장소 중에서도 역시 이곳이 푸른색이 가장 많이 닿고 있는 것처럼 보인다.

어제는 이 장소에 그가 있었다. 그런 생각에, 나는 시선을 안쪽으로 움직였다.

그 너머에 신바시 다리 위에 서 있는 그의 모습이 보였다. 오늘도 코우는 다리 한구석에서 푸른 보름달을 올려다보고 있었다.

"역시 여기에 있었네! 코우! 뭐 하고 있어?!"

코우를 발견한 나는 무심코 소리를 높여 버렸다.

"대학 수업 끝나면 집으로 돌아오라고 했잖아!"

그렇다. 나는 어제 코우와 약속했다. 낮 동안에는 볼일이 있다고 하니, 밤이 되면 돌아오라고.

그런데도 코우는 집에 오지 않았고, 오늘도 신바시 다리에 있었던 것이다.

나는 황새걸음으로 성큼성큼 코우에게 다가갔다.

"아, 그렇지만…."

코우는 난처한 듯이 목덜미를 긁적거린 뒤 말했다.

"매일 밤 신세를 질 수는 없어."

"뭐 어때. 엄마는 훈남을 좋아하니까 코우가 있는 걸 더 기뻐할 거야!"

"훈남이 뭐야?"

"훈훈한 남자. 그런 것도 몰라?"

"그것보다는, 아카리가 하는 말을 알아듣기 힘든데."

"관서 억양 말이야?"

"어제는 평범하게 말하지 않았던가?"

"그러긴 했는데, ……그건 그냥 맞춰주고 있었던 것뿐이야."

"맞춰줬다?"

코우가 가만히 말했다.

"코우가 표준 억양으로 말하니까…… 이따금 관서 억양이 나왔을지도 모르지만, 일단은 맞춰주고 있었어."

뺨이 화끈거리며 열을 띠었다. 뺨이 빨갛게 물들어 가는 걸 스스로도 알 수 있었지만, 그 이유는 알 수 없었다. 나는 그걸 감추는 것처럼 고개를 숙였다.

아주 약간 비스듬하게 숙인 탓에 검은 머리카락이 왼쪽 뺨에 닿았다.

"어째서?"

코우가 그렇게 말하며 내 뺨에 닿은 머리카락을 살짝 넘겨줬다. 나는 시선만을 그에게 향하고,

"어째서냐니…… 나도 잘 모르겠어."

얼굴이 새빨개진 채 중얼거렸다.

"그것도 관서 억양이잖아."

코우가 어깨를 살짝 들썩이며 웃었다.

코우의 웃음은 남을 끌어당긴다. 그에게는 남을 매료시키는 힘이 있다.

두근거리며 들떠 오르는 마음을 나는 황급히 다시 눌러 가라앉히고 빠르게 말했다.

"일단 가자! 다들 코우를 기다리고 있으니까!"

"다들이라니, 누구?"

"오면 알게 될 거야."

나는 그 말이 채 끝나기도 전에 그의 앞을 걸어가기 시작했다. 코우가 뒤에서 따라온다.

"아카리~! 이쪽이야, 이쪽."

"이제야 왔네. 너무 늦잖아."

내 이름을 부른 건 나노카. 그 옆에서 툴툴거리는 건 타쿠토다.

나노카는 어제 아르바이트가 있어서 나와 타쿠토 둘뿐이었지만, 우리는 대체로 셋이 함께 다닌다.

"이 사람이야? 어제 친구가 되었다는 사람이."

작은 목소리로 묻는 나노카에게 "응."하고 대답했다.

나노카는 눈을 반짝이며 코우를 바라보더니 "훈남……."하고 황홀한 듯한 목소리로 말했다.

내가 코우를 데리고 온 장소는 언제나 타쿠토가 크루저 연습을 하는 공원이었다.

이 마을에서 이런 걸 타고 노는 건 우리뿐이다.

이걸 타고 놀기 시작한 건 킥보드로 돌바닥 길 위를 달리던 말괄량이인 내게, 타쿠토가 아무한테도 혼나지 않는 장소와 놀이를 준비해 준 것이 계기였다.

그 이후로 우리는 약속을 잡고 이 장소에서 만나서는, 자주 함께 놀고 있었다.

오늘도 두 사람은 이곳에서 기다리고 있었다.

그건 학교에서 '그 뒤로 어떻게 됐어?'라며 캐물은 타쿠토에게 너무 솔직하게 대답하고 만 탓이지만…….

'어제는 그 뒤로 코우가 집까지 바래다주고…… 코우를 우리 집에서 재우기로 해서. 한동안은 있어 줄 거라고 생각해.'

내 대답을 들은 뒤, 타쿠토의 표정에서 빛이 사라졌다.

몇 초 지난 뒤, 타쿠토의 얼굴은 순식간에 빨개지더니 귀신 같은 형상으로 변했다.

'아카리!!'

분노에 찬 타쿠토의 목소리가 온 교실에 울려 퍼져서, 나는 무심코 옆에 있던 나노카 뒤에 숨었다.

'너는 대체 무슨 생각이냐!!'

오빠 모드인 타쿠토가 강림했다.

나는 나노카의 등 뒤에서 얼굴만 빼꼼 내밀어 열심히 변명했지만, 타쿠토는 어떤 대답에도 납득하지 않았고, '일단 오늘 밤에 어제 그 녀석 데리고 와!'라고 말한 뒤 자리를 떴다.

'왜 저렇게 화내는 걸까…….'

혼잣말을 불쑥 중얼거린 순간 교실 뒤쪽에서 콰앙, 하는 소리가 났다.

그쪽을 보니 철제 쓰레기통이 크게 찌그러져 있었다.

사실은 코우와 타쿠토를 만나게 하고 싶지 않았다.

하지만 내가 약속을 깨면 타쿠토는 집까지 밀어닥칠 것 같았다.

여하튼 '타쿠토한테 혼나도, 나도 같이 가줄 테니까 괜찮아.'라고 말하며 미소 지어 준 나노카의 말을 믿기로 했다.

타쿠토는 코우를 노려보고 있었다. 타쿠토가 앞으로 한 걸음 나왔다. 두 사람의 거리가 줄어든다.

타쿠토가 이대로 코우의 멱살을 잡을 거라고 생각한 나는 "타쿠토!"하고 이름을 외쳤다.

하지만 타쿠토는 내 목소리를 무시하고 코우를 향해 손을 뻗었다.

"그렇게 일일이 짜증 내지 마."

두 사람 사이에 들어가려고 발을 내디딘 순간, 냉정한

목소리가 들려왔다.

"타쿠토, 그런 거 꼴불견이야."

조용히 말한 건 나노카였다.

나노카는 명랑하고 밝은 성격이다. 얌전한 나노카의 말투는 부드럽다.

하지만 나노카의 지금 목소리는 평소보다도 낮았다.

타쿠토가 내 오빠라면 나노카는 타쿠토의 누나. 그런 역학 관계에 있는 우리들.

내게는 상냥하고 의지가 되는 친구이지만, 나노카와 타쿠토의 관계성은 나노카 쪽이 강한 것처럼 느껴진다.

평소에는 들을 수 없는 나노카의 낮은 목소리. 그것만으로도 나와 타쿠토는 그 목소리를 귀담아들을 수밖에 없었다.

나노카는 타쿠토에게 싱긋 미소 지은 뒤 말했다.

"자, 다 같이 거기 가자구. 타쿠토가 좋아하는 빙수 가게. 그거면 됐지? 그거 먹고 조금은 진정하도록 해."

"……알았어."

타쿠토는 마지못한 느낌으로 대답했다.

억누를 수 없는 분노가 아우라처럼 나오고 있는 타쿠토를 잘 다루는 나노카가 역시나 대단하다고 생각했다.

나노카가 와 줘서 다행이다. 나 혼자라면 큰 싸움이 시작될 뻔했다.

우리는 교토에서 가장 오래된 빙수 가게에서 운영하는 카페에 왔다.

가게 안에는 2인석부터 4인용 테이블석이 몇 자리 있었다. 우리는 가장 모퉁이 쪽 자리에 앉았다.

"나는 생딸기 빙수."

타쿠토가 퉁명스럽게 말했다.

단골인 타쿠토는 메뉴도 보지 않고 정한 모양이다.

타쿠토는 여기에 오면 언제나 딸기맛 빙수를 주문한다. 타쿠토한테는 빙수도 딸기맛도 어울리지 않는다고 생각했지만, 먹고 있는 모습은 의외로 귀엽기도 했다.

하지만 오늘의 타쿠토는 아직 기분이 나쁜 상태라, 먹고 있는 모습을 보고 귀엽다고 생각할 수는 없을 것 같았다.

뭐, 상관없나.

타쿠토는 기분파니까 빙수를 먹으면 기분이 풀릴지도 모른다.

그렇게 생각을 고쳐먹은 나는 다시 기운을 내어 코우에게 메뉴를 보여줬다.

"코우는 뭐로 할래?"

"그럼, 나도 같은 거로."

"코우도 딸기?"

"뭔가 잘못됐어?"

"아니. 어쩐지 상상이 안 된다 싶어서."

"뭐야, 그게."

그렇게 말하고는 부루퉁한 표정을 보이는 코우에게 조금 친근감을 느꼈다.

코우는 나보다 두 살 위이고, 행동도 말투도 훨씬 어른스럽게 보였기 때문이다.

하지만 내면은 우리들 고등학생과 별반 다를 바가 없을지도 모른다는 생각이 들어 조금 안심했다.

"아카리는 어떻게 할래?"

"나는 생오렌지 빙수로 할래! 나노카는?"

"나는 우지킨토키!*"

모두의 메뉴가 정해지자 점원을 불렀다.

"한산해서 다행이네."

주방으로 들어간 점원의 뒷모습을 바라보면서 나노카가 말했다.

---

* 우지차를 베이스로 한 빙수 위에 킨토키(팥의 별명)와 찹쌀경단을 올린 것.

나는 주변을 빙글 둘러보았다.

야사카 신사에서 도보로 10분도 채 걸리지 않는 장소에 있는 세련된 옛 민가풍 빙수 가게는 1년 내내 맛있는 빙수를 먹을 수 있는 것으로 유명하여 줄을 서 있는 경우가 많았다.

하지만 오늘은 평일. 게다가 밤이었던 게 다행이다.

줄을 서지 않고 금방 들어갈 수 있었다.

"오래 기다리셨습니다. 생딸기 빙수입니다."

잠시 후 점원이 빙수를 가져다주었다.

산처럼 수북하게 쌓인 빙수는 몇 번을 봐도 그 볼륨에 압도되고 만다.

거대한 빙수를 처음 본 코우는 눈이 휘둥그레져 있었다.

"취향에 따라 연유를 뿌려 드세요."

점원이 마지막으로 그렇게 말하고는 인사한 뒤 떠나갔다.

"이거 엄청 큰데. 다 먹을 수 있어?"

놀란 표정 그대로 코우가 여자들에게 물었다. 바보 같은 질문이다.

"껌이지."

코우는 단호히 대답한 우리에게 "진짜야?"라며 웃어 보이고는, 이번에는 빙수를 담고 있는 그릇을 살펴봤다.

"이 그릇은? 어떻게 되어 있는 거야?"

반투명하고 커다란 그릇을 보며 코우가 말했다.

그걸 눈치 채다니, 꽤 하는걸. 나는 그런 생각을 하며 대답했다.

"이건 얼음 그릇이야. 큼지막한 각얼음을 잘라내서 얼음 그릇을 만드는 거지."

"왜 그렇게 하는데?"

코우는 의아하다는 표정을 지으며 말했다. 그릇을 얼음으로 만드는 이유를 물어보면, 바보인 나는 잘 모른다. 으음, 하고 생각한 뒤 "어째서일까?"하고 솔직하게 말해 버렸다.

"그건 말이야."

무뚝뚝한 표정이었던 타쿠토가 천천히 이야기하기 시작했다.

좋아하는 빙수에 관해서는 잠자코 있을 수 없었던 모양이다.

"각얼음 그릇으로 빙수를 제공함으로써, 빙수가 잘 녹지 않게 되어 끝까지 물이 많이 생기지 않고 맛있게 먹을 수 있기 때문이지. 그리고 얼음 그릇으로 낸다는 건 이 가게가 오래된 얼음 가게니까 가능한 기술이라고. 이 가게만 가능한 거니까, 그렇게 하는 거지. 얼음 그릇은 이 가게의 얼굴이자 세일즈 포인트인 거다!"

빙숫집 아들도 아니면서 잘난 듯이 이야기하는 타쿠토의 모습에 웃음이 픕 터져 나오고 말았다.

옛날부터 빙수를 엄청나게 좋아한다고는 생각했지만, 너무 열정적인데.

쿡쿡 웃는 우리 앞에서, 코우는 팔짱을 끼며 말했다.

"그렇구나."

감탄한 듯이 뒷말을 이었다.

"쓸데없는 부분이 없는 알기 쉬운 설명이야."

"그렇지?"

"그쪽이 중요한 거야?"

남자들의 대화가 조금 이상해서 깔깔 웃음을 터뜨리고 말았다. 조금 전부터 웃음이 끊이질 않는다.

팽팽해져 있던 긴장감이 풀어져 간다.

우리는 커다란 빙수를 먹고 있었다. 사박사박한 얼음 위에 뿌려진 직접 만든 시럽. 입에 머금은 순간 녹아가는 차가운 빙수는 일품이었다.

"변함없이 맛있네. 아카리 것도 한입 먹어봐도 돼?"

"응, 괜찮아. 나도 우지킨토키 먹어보고 싶어."

"자~."

나노카와 빙수를 나누고 있는데, 앞에 앉은 남자들의 대화가 들려왔다.

"너, 그렇게 먹는 거 아니다. 빙수 먹는 법 모르냐?"

타쿠토가 코우한테 설교를 하고 있었다. 점잖게 먹는 코우를 보고 짜증을 내고 있는 것 같다.

"먹는 법?"

"그래. 살살 떠먹는 게 아니라고. 윗부분부터 숟가락을 푹 넣어서 말이다."

"이렇게?"

"그래. 거기서 들어 올려서 숟가락 위에 얹힌 빙수를 단숨에 먹는 거지."

이것이 바로 빙수를 먹는 진정한 방법이다! 마치 그렇게 말하고 싶은 것처럼 보이는 타쿠토. 전부 타쿠토 자기만의 먹는 방식인데.

"하지만 그렇게 했다간." 코우가 지적하듯이 말했다.

"머리가 띵—, 하고 아파진다고."

"하하하."

남자들의 대화가 이어지고 있다. 우리는 잠자코 그걸 듣고 있었다.

“그러니까! 연유를 쓰는 법도 틀렸어! 절반은 연유 없이 먹고, 나머지 반은 연유를 뿌려서 먹는 거라고! 수제 시럽을 우습게 보지 마라.”

역시, 완전히 타쿠토의 취향이었다.

그래도 코우는 “그렇구나.”하고 말한 뒤, 그걸 따라 하고서는 “둘 다 맛있네.”라며 솔직하게 감탄하고 있었다.

빙수 하나로 두 사람의 사이가 빠르게 좁혀졌다.

혹시, 이것도 나노카의 작전인가?

그런 생각으로 옆에 있는 나노카에게 귓속말하자, 나노카는 생긋 미소 짓고는,

“이 정도로 잘 풀릴 거라고 생각하지는 않았지만 말이야.”라고 말했다.

빙수를 다 먹은 우리는 히가시야마 쪽으로 놀러 갔다.

인기척이 적은 밤중의 히가시야마에서 호우칸지가 희미한 불빛을 받아 떠올랐다.

청수사에서 그리 멀지 않은 마을 한가운데에 우뚝 솟아 있는 5층탑인 호우칸지는 이 근방에서는 ‘야사카의 탑’이라고도 불리며, 주변의 랜드마크가 되어 있었다.

관광객은 이 근처의 풍경이 고도(古都)의 정취가 가득하다고 입을 모아 말하지만, 내게는 익숙한 경치 중 하나였다.

여느 때와 같이 야사카의 탑 앞을 지나가려고 했을 때, 옆에서 걷던 코우의 다리가 멈췄다.

"코우?"

"이건?"

"호우칸지야. 이 근처 사람들은 야사카의 탑이라고 불러."

나도 멈춰 서서 대답했다.

"야사카의 탑…… 이라."

커다란 목조 옥개를 펼친 5층탑을 올려다보며, 코우가 가만히 말했다.

"이건, 뭘 위해서? 누가 만든 거지?"

말을 계속하는 코우의 눈이 소년처럼 빛나고 있다.

코우는 야사카의 탑에서 눈을 돌리지 않고 내 답을 기다리고 있었다.

혹시 코우……. 감동하고 있는 건가?

"야사카의 탑은 꿈에서 관음보살님의 계시를 들은 쇼토쿠 태자가 지은 거야. 분명…… 아스카 시대였던가?"

가능한 한 상세하게 알려주고 싶었다.

하지만 어렴풋하게 기억하는 지식에 자신감이 없었던 나는 도움을 요청하는 것처럼 뒤에 나란히 선 타쿠토와 나노카를 봤다. 눈이 마주치자 나노카가 부드럽게 미소 짓고는,

“맞아. 여러 설이 있는데, 그 외에도 도래인[1] 씨족인 야사카 씨의 우지데라[2]로서 건설되었다고도 전해져.”

“어느 쪽이 정확한지는 알 수 없지만 말이지.”

나노카의 말에 타쿠토가 덧붙였다.

다들 자기 고향을, 야사카의 탑을 사랑하고 있구나 하는 생각이 들었다.

이 마을에 전해지는 역사를 잘 알고 있다.

“흐음…… 굉장하네.”

조명에 비추어진 야사카의 탑을 바라보며 코우가 감탄사를 흘렸다.

새삼 듣고 보니 갑자기 깨닫게 되는 바가 있었다.

이 경치가 지닌 대단함이 마음속에 울린다.

이 마을의 상징은, 교토의 역사는, 천 년이 넘는 세월 이전부터 쌓아지고, 이어져 왔다.

그것을 지금, 아빠나 엄마, 마을 사람들이 지키고 있었

1. 약 5~6세기에 중국과 한반도 등지에서 일본으로 건너간 민족.

2. 씨족이나 가문의 영광, 번영 등을 기원하며 짓는 절.

다. 우리는 그곳에 살고 있다.

“운이 좋으면 안에 들어갈 수 있는 때도 있지만, 오늘은 너무 늦었네. 닫혀 있어.”

“그렇구나.”

“들어가고 싶었어?”

“뭐, 그렇지…….”

내 물음에 코우가 아쉽다는 듯이 대답했다.

“탑 한가운데에는 심주(芯柱)라고 불리는 커다란 나무 기둥이 하나 있어.”

뒤에서 속삭임처럼 들려온 것은 타쿠토의 목소리다.

“그건?”

코우의 물음에 타쿠토는 야사카의 탑을 올려다보며 느긋하게 말했다.

“1,300년 전에 고안된 내진 기술 중 하나지. 못 하나 박히지 않은 커다란 기둥이 지면부터 상부까지를 관통해서, 5층탑의 강도를 높이고 있는 거야.”

“그건…… 대단한데.”

그렇게 말한 뒤, 코우가 야사카의 탑을 봤다. 야사카의 탑이 그의 눈동자에 한가득 비쳤다.

“이 심주 설계는 일본에서 가장 높은 도쿄 스카이트리

의 구조에도 도입되었다는 것 같아."

"1,300년 전의 기술을 최신 타워에 쓴다고?"

"그래. 그만큼 뛰어난 사람이 과거에 있었다는 거지."

"그런가……."

두 사람의 대화를 들으며 나는 코우의 얼굴을 훔쳐봤다. 5층탑을 비추는 조명이 코우의 옆모습을 비추고 있었다.

그는 5층탑을 사랑에 빠진 것처럼 보고 있었다. 그리고 속삭이듯이 중얼거렸다.

"여기엔 미래를 넘는 과거가 있어……."

희미하게 떨리는 목소리는 그의 내면에서 넘쳐 나온 것이겠지.

코우의 목소리는 나한테만 전해졌던 모양인지, 타쿠토는 5층탑을 계속 바라보는 코우에게 말을 걸었다.

"또 오면 되잖아."

"어……?"

코우가 아쉬운 듯이 야사카의 탑을 보고 있다고 생각한 건 타쿠토뿐만이 아니었던 모양이다.

"다음에 열려 있을 때, 같이 보자?"

타쿠토 옆에 선 나노카도 코우에게 그렇게 말했다.

"낮 동안의 관광 시즌에는 열려 있을 때도 있으니까, 또 보러 오면 돼. 오래된 탑 안은 좀처럼 볼 수 없으니까 감동할걸."

타쿠토가 나노카의 말을 받아 계속했다.

"그래……."

나노카와 타쿠토한테 그렇게 대답한 뒤, 코우는 잠시 5층탑을 올려다보고 있었다.

우리 세 사람도 야사카의 탑을 올려다본다.

희미하게 빛나는 5층탑이 평소보다도 커 보였다.

우리는 언덕길을 천천히 올라가고 나서, 이번에는 왼쪽에 있는 계단을 내려갔다.

"다음은 어딜 가는 거야?"

옆에서 걷는 코우가 내게 물었다.

나는 코우에게 히가시야마 마을을 보여주고 싶다고 생각했다. 하지만,

"문 다 닫았을걸."

"너무 늦었잖아."

뒤에서 걷는 나노카와 타쿠토가 단호하게 말했다.

알고 있다. 알고 있지만…… 어쩌면 열려 있을지도 모르고.

무엇이든 자기 눈으로 보고 확인하지 않으면 만족하지 못하는 까다로운 성격인 나는 모두를 데리고 히가시야마로 왔다.

히가시야마의 아름다운 돌바닥 길 양옆에는 옛날 느낌의 가게들이 늘어선 긴 언덕이 있다.

그 언덕의 이름은 니넨자카, 산네이자카라고 불리며 교토다운 정취를 물씬 풍기는 것들로 가득하다.

히가시야마에 온 적이 없는 코우라면 분명 기뻐할 거라고 생각해서 길을 돌아서 왔는데, 역시나 너무 늦었던 모양이었다.

타쿠토와 나노카의 말대로 길가에 늘어선 가게는 전부 회색 셔터를 내린 상태였다.

언덕길을 내려가듯이 걸어가자 가게의 불이 팟 꺼졌다.

조금 더 빨리 왔더라면 열려 있었을 텐데.

그렇게 생각하며 걷고 있는데 닫힌 유리문 너머로 전통 우산이 보였다.

벚꽃 색깔이나 감귤 색깔, 국화나 나팔꽃 무늬 등 큼지막한 전통 무늬가 눈에 띄는 형형색색의 우산이었다.

유카타나 전통 의상에도 어울리는 전통 우산에는 부드럽고 차분한 분위기가 있었다.

가게 안에는 살이 가느다란 여성용 우산과 살이 굵고 여성용보다 한층 큰 남성용 우산이 나란히 벽에 걸려 있었다.

"……우산?"

가게 안을 살피다시피 보고 있었더니, 뒤에 서 있는 코우가 물었다.

"응. 전통 우산이야. 특이한 무늬가 보이길래 왠지 끌려서 말이야."

"저 무늬?"

"응."

"저건…… 우주인가?"

"……응."

차분한 전통 무늬 우산들 가운데 연한 보라색과 감색이 마블 무늬처럼 뒤섞인 우산이 있었다. 펼쳐서 전시된 우산을 자세히 보니 무늬 속에 소용돌이치는 은하나 하얗게 반짝이는 별이 그려져 있다.

그 무늬는 은하를 이미지하고 있는 거겠지.

우주의 색깔을 띤 전통 우산은 처음 봤다.

나는 어쩐지 그것이 특별한 것으로 보여서, 멈춰 서고 만 것이다.

"마침내 아카리도 우주를 좋아하게 된 거냐?"

타쿠토가 놀리는 것처럼 말했다.

"마침내는 뭐가 마침내야. 딱히 그런 거 아니야."

나는 고개를 홱 돌리고 뺨을 부풀린 채 오렌지색 조명이 켜진 길을 걸었다.

우리가 나누는 대화를 당황한 기색으로 보고 있던 코우에게, 나노카가 "아카리네 아버지, 우주물리학 선생님이야."라고 말해줬다.

계속 언덕을 내려갔지만, 역시 열려 있는 가게는 아무 곳도 없었다.

"미안, 코우. 교토의 마을을 안내하고 싶었는데, 조금 늦었던 것 같아."

"아니야. 충분히 만족스러워."

코우는 그렇게 말하고는 주변을 둘러봤다.

처마가 이어질 만큼 수많은 목조 가옥 가게가 보인다.

오렌지색 조명이 셔터를 내린 상점가를 비추고 있다.

희미하고 아련하게 빛나는 오렌지색 빛에 목조 가옥의 갈색이 뒤섞여 있다. 발아래의 돌바닥 길은 푸른 달빛을 받아 어슴푸레한 푸른빛으로 빛나고 있었다.

푸른색 세계를 비추는 보름달을 더듬는 것처럼 뒤돌아보자, 등 뒤에는 교토를 내려다보는 것처럼 서 있는 야사카의 탑이 우뚝 솟아 있었다.

사람이 없어도, 가게가 닫혀 있어도 확실히 이곳은 교토였다.

"굉장해. 이런 세상은 본 적이 없어……."

불쑥 중얼거린 코우의 말에 고개를 끄덕였다.

푸른 보름달이 만들어내는 푸른 세상의 교토는 환상적이고, 특별히 더 아름답게 보였다.

인기척이 없는 밤중의 히가시야마를 산책하듯이 걷고 나서, 우리는 기온으로 돌아왔다.

"다음에는 조금 더 빨리 모여서 놀러 갈까."

뒤에서 나노카가 말했다. 나는 "찬성!"하고 대답했다.

"벌써 몇 번이나 갔으니까 굳이 갈 필요 없잖아." 나직이 중얼거린 타쿠토한테는 "그럼 타쿠토는 안 데리고 가야지."라고 말했다.

"농담이야, 농담. 갈 때는 나도 간다고."

나는 교토의 언덕길을 코우에게 안내하고 싶었다.

조용한 밤중의 히가시야마도 좋지만, 활기가 넘치는 낮 동안의 교토도 코우에게 보여주고 싶었다.

분명 기뻐해 줄 게 틀림없다. 어째서인지 그런 느낌이

들었다.

인적이 없는 밤길에는 잎이 스치는 소리와 나노카가 신은 뮬에서 나는 소리가 기분 좋게 울리고 있었다.

바스락바스락하고 흔들리는 소리가 어디선가 들려와 돌아보니, 길가에 있는 목조 가옥 현관에 액막이용 쿠쿠리사루*가 매달려 있는 게 보였다.

"오늘도 아카리네 집에서 자냐?"

나노카네 집까지 앞으로 수 미터 정도 남았을 때, 뒤에 있던 타쿠토가 말했다.

나노카를 바래다주고 난 뒤 우리 집 앞에서 타쿠토와 헤어질 생각이었다.

나와 나노카는 무심코 걸음을 멈췄다. 걸으면서 들을 수 있는 분위기가 아니었다.

코우는 뒤돌아서 타쿠토를 보고는 "그래."하고 대답했다.

"아카리네 집에 갈 바에야 우리 집을 오는 게 어때?"

타쿠토가 불퉁하게 말했다.

나노카는 타쿠토 쪽으로 다가가 "왜?"하고 냉정하게 물었다. 나도 살며시 다가갔다.

* 마치 원숭이의 다리를 묶어 놓은 것처럼 귀퉁이를 위로 모아 묶은 주머니. 욕망이나 욕심이 동하지 않도록 묶어 인내한다는 자계(自戒)의 의미를 담고 있다.

"남자가 여자 집에 머무르는 건 부자연스럽잖아. 그럴 바에야 우리 집에 있는 편이 자연스러울 거라고 생각해서."

"타쿠토네 집에도 여동생 있잖아. 두 명이나."

"그 녀석들은 아직 어린애니까. 딱히 문제없어."

나노카에게 그리 대답하면서도, 타쿠토의 표정이 흐려져 갔다.

나는 이해할 수 없었다. 어째서 친구인 남자애를 묵게 하면 안 되는 걸까?

분명 타쿠토가 같은 상황이 되면 나는 같은 행동을 할 것이다.

상황이 진정될 때까지 우리 집에 있어도 돼. 그렇게 말할 것이다.

"이 사람은 신용할 수 있는 사람이라고 생각하는데."

나노카가 살며시 말했다. 이 사람이란 건, 코우를 말하는 것이다.

"타쿠토도 알게 됐잖아? 오늘 하루 동안 같이 있어 보고. 이상한 사람이 아니야."

"……."

"신사적이고, 상냥하고."

"……."

"코우 씨는 아카리의 새로운 친구 중 한 명. 그렇지?"

나노카가 잘 타이르는 것처럼 타쿠토에게 말했다.

그 말을 듣고 나는 겨우 이해할 수 있었다.

타쿠토는 걱정하고 있는 것이다. 모르는 사람을 우리 집에 머물게 한다는 건, 일반적으로 생각하면 허들이 높은 일이다. 료칸 딸의 가치관으로 세상을 봐서는 안 된다는 것인가.

어떻게 하면 타쿠토가 안심해 줄까.

나는 필사적으로 생각했고, 그리고 답을 찾아냈다.

"그래! 타쿠토!"

"갑자기 뭐가."

"코우는 도쿄 사람인걸. 대학 기숙사에 불이 나서 갈 곳이 없으니까, 우리 집에서 머물면서 아르바이트하기로 한 거야."

"뭐? 료칸에 머물고 있는 거냐?"

"그건…… 아니지만."

"그것 봐." 타쿠토가 어이가 없다는 듯 말했다.

"그건, 료칸이 만실이라 그래! 타쿠토도 알고 있잖아? 지금은 기온 축제 시기라구! 그러니까……."

말하는 도중에 앞이 보이지 않게 되었다.

내 시야는 온통 까맣게 변했다. 그것이 코우의 티셔츠 색깔이라는 걸 알아차린 뒤, 낮은 목소리가 바람을 타고 전해졌다.

"나는 1층에 있는 방을 빌리고 있을 뿐이야."

내 앞에 선 코우가 타쿠토에게 이야기하고 있었다.

나는 코우의 뒤에 숨으면서 두 사람의 이야기를 듣고 있었다.

"아카리 방에는 들어가지 않을 테니까."

"……."

"절대로."

"……알았어."

겨우 타쿠토가 납득해 주었다.

우리는 타쿠토, 나노카와 헤어진 뒤 집으로 돌아왔다.

코우는 1층 거실에도 들르지 않고 별채에 있는 손님방으로 들어가더니 "잘 자."하고 인사했다. 타쿠토와의 약속을 신경 쓰고 있는 걸까. 그게 아니면, 벌써 졸린 건가?

"저기."

나는 닫혀 가는 맹장지를 향해 말했다.

"아르바이트 이야기, 미안해."

맹장지가 딱 멈췄다.

"그런 거 안 해도 되니까, 신경 쓰지 말고 집에 있어 줘."

맹장지가 열리고 코우가 얼굴을 내비쳤다.

"아니, 일할 수 있다면 그편이 고마울 거야."

"알았어. 그럼 엄마한테 물어봐 둘게. 그러니까, 내일도 와야 해."

"……."

"약속한 거야!"

"자, 잠깐. 아카리!"

그 말만 하고 후다닥 2층으로 뛰어 올라갔다. 코우의 대답은 듣지 않았다.

"코우, 와있었구나-. 목욕하러 들어가렴. 입을 잠옷도 사왔으니까. 이거, 괜찮지 않니?"

1층에서 엄마의 기쁜 듯한 목소리가 들려왔다.

"감사합니다."

고개를 들고 그렇게 말하는 코우의 모습이 보인 듯한 느낌이 들었다.

코우의 목소리를 듣고, 그의 모습을 상상하고 나는 안심했다.

억지로 권한 거라고 생각했었지만, 코우는 우리 집을 선택해주었다.

'갈 곳이 정해질 때까지.'

처음에 그렇게 말했었지만, 타쿠토네 집에는 가지 않았다.

단지 그뿐인 일이 이렇게나 기쁘다.

나, 내일도 코우가 우리 집에 왔으면 좋겠다고 생각하고 있어……. 가능하다면, 조금 더 코우와 오래 있고 싶다고 생각해.

하아……. 뜨겁게 달아오른 열을 내뱉고자 숨을 길게 내쉬었다.

편해질 거라고 생각했는데, 어째서인지 고동은 빨라지기만 할 뿐이다. 계단을 너무 뛰어서 올라왔나.

나는 가슴에 손을 대고 심호흡한 뒤, 책상에 앉아 연두색 노트를 꺼냈다.

기분 전환으로 오늘의 일기를 쓰자고 생각한 것이다.

7월 2일

타쿠토와 나노카, 코우랑 같이 빙수를 먹으러 갔다.

교토가 처음이라고 하는 코우는 야사카의 탑을 보고 감동하고 있었다.

조금 더 길게 써 보려고 했지만, 말이 떠오르지 않았다.

제4장

살랑살랑 흔들리는 버드나무 앞, 다리 한구석에 그 사람이 있다.

어렴풋이 보이는 옆모습이 코우라는 걸 확신할 수 있는 건 보름달이 푸르기 때문이다.

푸른 달빛은 마치 코우의 모습을 비추는 것처럼, 강조하는 것처럼 그를 향해 똑바로 내리쏟아지고 있었다.

그는 오늘도 푸른 보름달을 올려다보고 있다.

달밤에 비치는 그의 모습은 정신이 번쩍 들만큼 아름다웠다.

신바시 다리도, 그 너머로 이어지는 아스팔트길이나 저 멀리 보이는 히가시야마도 전부 푸른색으로 물들어 비가 그친 뒤의 경치처럼 빛나고 있다.

그 중심에 있는 그의 옆모습은 그것들 이상으로 아름다웠다.

코우와 만나고 사흘째가 되는 날 밤, 나는 오늘도 코우를 만나러 신바시 다리에 왔다.

코우를 발견하곤, 나는 스커트를 나부끼면서 신바시 다리를 향해 뛰어갔다.

머리가 흐트러질지도 모른다. 하지만 그런 건 그다지 신경 쓰이지 않았다.

오늘 내 무릎에는 무릎 전체를 덮을 정도로 커다란 반창고가 붙여져 있었다.

이 반창고는 이리저리 돌아다니는 나를 위해 나노카가 준비해 준 것이었다.

나노카한테는 어린 남동생이 있다. 동생이 자주 다쳐서 언제나 크기가 각각 다른 반창고를 가지고 다녔다.

'이것 봐, 또 다쳤네.'

그렇게 말하고는 체육 시간이 끝난 뒤 내 무릎에 가장 커다란 반창고를 붙여 주었다.

정신없이 돌아다닌다. 남의 이야기를 끝까지 듣지 않는다. 금방 다친다.

조심성 없는 여자애라는 걸 나 자신도 알고 있었다.

하지만 나는 이 성격을 고칠 수가 없다.

툭툭 삐져나온 머리 그대로 코우를 향해 뛰어갔다.

"코우."

코우 앞에 도착했다. 나는 키가 큰 그를 올려다보며 말을 계속했다.

"어째서 안 오는 거야? 계속 기다리고 있었는데."

"아카리는…… 여전하구나."

"응?"

어리둥절한 시선으로 코우를 바라봤다.

파란색과 회색이 섞인 긴 눈매 속 눈동자에 내 모습이 비치고 있다. 나는 코우가 한 말의 의미를 알 수 없어서 천천히 고개를 갸웃거렸다.

"아카리, 목 꺾이겠어……."

코우는 하핫, 하고 짧게 웃은 뒤 중얼거렸다.

"자각이 없기 때문인가."

"조금 전부터 무슨 말을 하는 거야?"

"쉽게 그런 말을 하지 말라는 거야."

"그러니까, 뭐가? 코우가 무슨 말을 하는 건지 잘 모르겠어. 자, 얼른 가자."

"오늘은 어디에?"

"우리 집. 나노카랑 타쿠토는 볼일이 있대."

거기까지 말하고선, 황급히 입가를 양손으로 눌렀다.

"미안. 관서 억양으로 말해버렸어……."

"아아, 조금 정도라면 알아들을 수 있어."

"그렇구나. 그래도, 조심할게……."

어째서인지 나는 그에게 의미가 잘 통하는 말을 고르기 위해 생각하고 있었다.

익숙하지는 않지만, TV에서 들은 적이 있는 표준 억양으로 이야기하고 싶었다.

"고마워."

코우가 그렇게 말하고는 미소 지었다.

우리는 평소와 같이 시죠도오리를 지나 신사 안을 걸었다.

오늘은 길을 잘못 들지 않도록 주의하면서 정문을 나선 뒤, 집으로 향했다.

나는 집에 도착하여 미닫이식 현관을 열고는, 아무도 없을 터인 우리 집에서 평소와 같이 말했다.

"다녀왔습니다-!"

"목소리 엄청 커."

코우가 놀란 것처럼 눈을 휘둥그레 뜨고 나를 봤다.

"코우는 말 안 해? 집에 돌아오면 다녀왔습니다, 라고."

"안 말하는데."

"흐음……. 불량 어른인가?"

"그렇게 보여?"

나는 코우를 지그시 바라봤다.

이렇게 용모가 단정한 사람은 좀처럼 없다.

거기다 코우한테는 품격이 있다. 먹는 동작, 행동거지, 서 있는 모습. 모든 면에서 고상하고 훌륭한 기품이 느껴졌다.

농담은 하지만 남을 상처 입히는 말은 하지 않고, 살며시 다가오는 것처럼 말을 건다.

나의 엉뚱한 행동에도 타쿠토처럼 화내는 일도 없거니와, 같은 반 남자애들처럼 어이가 없다는 표정으로 보지도 않는다. 그는 전부 웃으며 받아들여준다.

넘어지면 커다란 손을, 넓은 등을 내밀어 준다.

이런 남자를, 나는 본 적이 없다. 이런 사람이, 불량한 사람일 리가 없다…….

나는 정말로 바보다. 깊이 생각하지 않고, 생각한 걸 금방 입 밖으로 내뱉는 일이 너무 많다.

"전혀, 그렇게 안 보여."

코우를 물끄러미 바라보면서 대답하자,

"아카리랑 이야기하고 있으면, 때때로 두 살 아래로 보이지 않을 때가 있어."

코우가 진지한 얼굴로 그런 말을 했다.

"얼마 정도 아래로 보이는데?"

"열 살 정도일까."

"너무해!"

그런 말을 주고받으며 집으로 들어갔다.

"오늘은 뭔가 일을 시켜 줄 수 있어?"

짧은 복도를 걸으며 그가 말했다.

"미안. 엄마한테 묻는 거 깜박했어."

"그럼 오늘 밤에 만나게 되면 내가 부탁할게."

"괜찮아. 내가 말해 둘게. 코우가 말하면 엄마는 절대로 OK하지 않을 거야. 손님한테 그런 일은 시킬 수 없어! 라며 화낼지도. 제대로 물어봐 둘 테니까."

"알았어. 그럼 안녕."

거기까지 말하고는 선뜻 작별 인사를 말하는 코우.

그가 계단 옆에 있는 손님방으로 돌아가려 했기에 나는 그걸 저지했다.

"아, 잠깐 기다려!"

"……왜?"

"배고프지 않아?"

"……고프긴 한데."

나는 코우를 거실로 데리고 갔다. 다다미가 깔린 옛날 그대로의 일본풍 방이다.

아담한 2층짜리 건물에 작은 정원이 딸린 우리 집. 거실은 세로로 다다미 15장 정도가 깔리는 길이고, 그 옆에 다다미 넉 장 정도 넓이의 작은 방이 붙어 있다. 그곳은 엄마가 기모노를 차려입는 장소로 쓰고 있었다. 2층으로 이어지는 계단 건너편에 코우가 머무르는 손님방이 있다.

정리하기를 좋아하는 엄마 덕분에 방은 언제나 깨끗하다.

오늘도 적당한 때에 다시 깔린 다다미로부터 풀 냄새가 났다.

코우는 방을 빙글 둘러보고 있었다. 고풍스러운 전통 가옥이 신기한 걸까?

나는 그런 코우를 곁눈질하며 선풍기 전원을 켜고 모기향에 불을 붙였다.

정원에 접한 커다란 유리문을 열자 밤바람이 확 불어 들어왔다.

모기향 냄새를 머금은, 여름날의 밤바람 냄새가 난다.

"이쪽에 앉아."

나는 툇마루에 놓인 방석을 가리켰다.

"응. 고마워."

코우는 내 말대로 툇마루에 와서 방석 위에 앉았다.

"나는 여기서 뭘 하면 돼?"

고개만을 이쪽으로 향한 채 코우가 말했다. 이미 부엌에 온 나는 코우 쪽으로 얼굴을 내밀며 대답했다.

"기다려 주면 돼. 금방 가지고 갈 테니까!"

나는 비닐봉지에서 주문 도시락을 꺼냈다.

료칸 일이 바빠지면 엄마는 으레 이 주문 도시락을 놓아 둔다.

평소에는 하나지만, 오늘은 코우 몫도 있으므로 두 개.

오늘도 자고 가도 된다는 것이리라. 엄마는 코우의 팬이니까.

코우를 보고 싱글벙글하는 엄마의 얼굴을 떠올리며, 나는 도시락과 젓가락, 페트병 차를 코우에게 가지고 갔다.

"도시락?"

"응. 일이 바빠서 엄마가 못 돌아올 때는 대체로 이거야."

"흐음. 맛있어 보이네. 고마워."

나도 코우 옆의 방석 위에 앉아 짝, 하고 손을 마주쳤다. "잘 먹겠습니다!"라고 크게 말한 뒤 먹기 시작했다.

"역시 인사할 때 목소리가 커지는 거였네."

코우는 눈가에 눈물을 띄우며 웃고 있었다.

"그렇게나 이상해? 내 기준으로는 평범한 건데."

어릴 적부터 그런 말을 들었다. 인사는 똑바로, 모두에게 잘 들리도록 말하라고.

"그러면 뭐 상관없지. 아카리다워."

칭찬인지 욕인지 알 수 없었지만, 이해는 받은 모양이다. 나도 뭐, 상관없나 하고 생각을 고쳐먹은 뒤 도시락을 먹었다.

"이거 뭐야? 엄청 맛있는데."

"순무랑 저민 고기에 칡가루를 얹은 거야. 맛있지."

몸을 맞대고 늘어선 울타리 위로 별이 가득한 하늘이 보였다.

나는 여름밤이 좋다. 더운 여름날 밤에 이따금 살결을 어루만지는 밤바람이 무척이나 기분 좋아서, 계속 밤바람을 쐬고 싶어진다.

"그러고 보니 말이야."

밤하늘을 올려다보고 있었더니, 옆에서 목소리가 들렸다. 그쪽으로 시선을 향하니, 코우가 빈 도시락 용기를 정리하면서 말하고 있었다.

코우는 벌써 다 먹었구나. 빠르네. 나는 아직 반도 못 먹었는데.

"응."

"아카리네 아버지는 안 돌아오시는 거야? 아직 한 번도 뵙지 못했는데."

"아빠는 지금 칠석회 준비를 하고 있을 거라고 생각해. 7월 7일까지는 1년 중에서 가장 바쁜 시기거든. 그래서 밤중에 돌아와서 이른 아침에 나가셔. 이 시기에는 좀처럼 만날 수가 없어."

나는 그 말을 끝내고 계란말이를 입으로 옮겼다.

이 도시락집의 계란말이는 달콤해서 무척 맛있다. 몇 번을 먹어도 혀가 살살 녹을 것만 같다. 뺨에 손을 대고 계란말이 맛에 감동하고 있는데, 코우가 말했다.

"물리학 선생님이시지?"

"응. 잘 알고 있네. 어라? 나 거기까지 이야기했던가?"

"아니, 어제 있던 여자애한테서 들었어. 우주물리학 선생님이시라고."

"응, 맞아. 집에 있어도 언제나 리포트 체크 같은 걸 하고 있어. 책도 냈고, 원고를 쓰거나, 쓰지 않을 때는 어려운 책을 읽곤 하셔."

"호오……."

줄곧 의지가 느껴지지 않는다고 생각했던 그의 회색 눈동자가 조용히 흔들리고 있었다.

같은 대학의 학생이기도 하고, 물리학에 흥미가 있는 걸까?

"물리학에 흥미… 있어?"

살며시 물었다.

"꽤 많이."

코우는 눈을 빛내며 대답했다.

"그럼 다 먹으면 좋은 곳에 데려가 줄게."

"여기야."

내가 코우를 데리고 온 곳은 2층에 있는 아빠 방이었다.

아빠 방이라고 해도 실제로 이 방은 그다지 사용하지 않는다.

넓은 방보다도 좁은 방이 더 차분해진다면서 1층 서재에 있는 경우가 많았다. 작은 서재에서 일을 하고, 바닥 위에 이불을 깔고 잔다. 그것이 아빠의 일상이었다.

아빠는 어릴 적부터 천재 소리를 들었다는 것 같지만, 조금 별난 사람이라고도 생각한다. 머리가 좋은 사람은 뇌의 구조가 다른 것이리라.

나는 엄마를 닮았기에 아빠를 이해해 줄 수가 없지만.

아무도 사용하지 않는 책장이 죽 늘어선 이 방은 마치 도서관의 일부를 잘라낸 것 같다고 어릴 적부터 생각했다. 도서관과 다른 점은 늘어서 있는 책이 우주물리학과 관련된 책뿐이라는 점.

코우는 이 방이 마음에 든 모양이었다. 진지하게 책장을 바라보고 있다.

"마음에 들었어?"

"응."

나는 벽 한쪽 면을 가득 채우다시피 놓인 거대한 책장을 보고 있는 코우에게 방 한구석에 놓인 작은 사다리를 건네줬다.

천장까지 책이 빽빽하게 들어차 있기에 사다리를 쓰지 않으면 위쪽 책은 꺼낼 수가 없는 것이다.

"괜찮으면 이거 써."

"마침 가장 위에 있던 책이 신경 쓰였어. 꺼내 봐도 돼?"

"물론이야."

코우는 사다리를 타고 올라가 책장에서 책을 꺼냈다.

표지를 보며 밝게 미소 짓더니, 카펫 위에 앉아 두꺼운 책을 펼치고 읽기 시작했다. 둘만의 도서관에 조용한 시간이 흐르고 있다.

나는 내 방에서 패션 잡지를 가져와 가까이에서 읽었다.

얼마나 시간이 지났을까.

열중해서 책을 읽는 코우의 진지한 눈빛을 보니 말을 걸 엄두가 나지 않아, 그저 조용히 옆에 있었다.

내가 아직 어렸을 적에는 아빠가 같은 행동을 했을 때 '재미없어. 밖에 나가자.'하고 떼를 썼었는데, 지금은 그런 생각이 들지 않았다.

코우가 좋아하는 걸 즐겨 줬으면 좋겠다.

이 집을 자기 집처럼 생각해줬으면 좋겠다.

이 집에 있을 때의 코우는 아주 약간이긴 해도 긴장한 것처럼 보였으니까.

긴장을 풀고 독서를 즐기는 코우의 옆모습을 볼 수 있어서, 나는 어쩐지 기뻤다.

집중하는 코우 뒤에서 책 내용을 들여다봤지만, 역시 나열된 글자가 너무 어려워서 나는 전혀 이해할 수 없었다.

하지만 코우는 이해하는 거겠지……. 이런 어려운 내용을. 나한테는 외국어처럼 보여.

대단해, 하고 감탄하고는 난 살며시 일어서 방을 나섰다.

코우가 알아차리지 않도록.

"어라, 어디 갔었어?"

돌아온 내게 코우가 말했다.

"커피, 가져왔어."

그렇게 말한 뒤 쟁반 위에 놓인 아이스커피를 건넸다.

"코우는? 벌써 다 읽었어?"

"아니, 전부 읽는 건 힘들지. 재미는 있으니까 더 읽고는 싶지만. 몇 권인가 빌려서 방에 가지고 가도 될까?"

"괜찮아."

코우는 주머니에서 무언가를 꺼내 책에 끼웠다.

그건 주문 도시락에 딸려 있던 젓가락 봉투였다.

"책갈피 대신?"

"맞아."

"그보다, 왜 그런 걸 가지고 온 거야?"

"아니, 이 봉투에 적힌 글자체가 재미있길래. 가지고 돌아갈까 싶어서."

코우는 조금 별난 데가 있는 걸지도 모른다.

"그건 그렇고, 굉장한 곳에 데리고 와 줬네."

코우는 벽 한쪽 면에 늘어선 책을 다시 한번 바라보고는 중얼거리듯이 말을 이었다.

"좀 더 알고 싶어. 이 세계에 관한 걸."

"그렇게나 교토가 마음에 들었어?"

"어? 아, 응."

"또 다양한 곳에 데리고 가줄게. 저를 교토 관광 대사로 임명해 주세요."

"아카리는 조금 믿음직스럽지 못한 부분도 있지만 말이야."

"쓸데없는 한 마디가 많아."

함께 웃으면서 우리는 아이스커피를 마셨다.

바로 얼마 전까지는 써서 싫어했지만, 조금씩 마실 수 있게 되었다.

게다가 코우는 어른이니까, 주스보다는 커피 쪽이 좋을 것 같다고 생각했다.

우리는 책 냄새가 나는 가운데서 커피를 마시며 별것 아닌 이야기를 나눴다.

숲속에 있는 것 같다. 문득 그런 생각이 들었을 때, 뇌리를 스친 것은 저녁에 봤던 색깔이 바뀐 하늘이었다. 나는 그 이야기를 하기로 했다.

“있지, 오늘 돌아오는 길에 무지개를 봤어.”

“흐음.”

“하늘에 이~렇게 크게 놓인 무지개. 일곱 색깔 전부 보여서 감동했어.”

“야사카의 탑에는 감동하지 않으면서?”

“왜냐면 야사카의 탑은 언제든지 볼 수 있으니까. 무지개는 어쩌다 한번 보는 거고, 하늘에 색깔이 칠해진다니 엄청 신기하잖아.”

언제였던가, 아빠한테 물어본 적이 있었다.

‘무지개는 왜 생기는 거야? 왜 일곱 색깔인 거야?’라고.

아빠는 뭐라고 대답했더라. 제대로 가르쳐 줬던가……?

“하늘에 색은 없어.”

어릴 적 일을 떠올리려 하고 있었더니, 코우가 말했다.

나는 “어? 그런 거야?”하고 되물었다.

“그래.”

“그럼 하늘은 왜 파래? 저녁놀은 왜 붉은 거야? 무지개는 어떻게 해서 생겨?”

어린애랑 마찬가지다. 타쿠토나 나노카라면 알고 있을

지도 모르는 자연의 섭리를, 무지한 나는 모른다. 하지만 코우는 웃지 않고, 어이없어하지 않고 가르쳐 주었다.

"하늘의 색깔을 결정하는 건 공기가 아니라 태양이야."

"……태양?"

"그래. 햇빛은 빨간색, 주황색, 노란색, 초록색, 파란색, 남색, 보라색. 무지개와 같은 일곱 색깔을 띠고 있어. 일곱 색깔 중 파란색 파장의 길이가 사람의 눈에 가장 닿기 쉽고, 또한 사람의 눈에 가장 잘 닿는 각도로 굴절되기 때문에 그 빛이 대기 중의 먼지나 수증기에 의해 산란(散亂)되어서 낮 동안의 하늘은 파랗게 보여."

"우와……. 그럼 저녁놀은 왜 붉은 거야?"

"저녁놀이나 아침노을의 빨간색은 태양이 낮은 위치에 있어서, 그 위치와 굴절 각도상 빨간색이 닿기 쉬워서 빨갛게 보이는 거야."

"그렇구나……."

나도 모르게 말소리가 새어 나왔다.

"게다가 저녁놀은 빨간색만 있는 게 아니지?"

"응. 오렌지색도 있고, 보라색도 있어."

"그거야. 하늘에 색은 없어. 태양의 위치와 굴절이 우리가 보는 하늘의 색깔을 정하는 거지."

"그럼 무지개는 모든 색깔이 보였다는 거야?"

"맞아. 여러 자연 현상이 겹쳐서 전부 보였다. 그뿐이야."

"재미있네. 그게 물리학이구나?"

"그래. 기초적인 내용이지만."

언제였던가. 아빠가 했던 말을 떠올렸다.

'세상에는 우리가 알고 있는 것보다도, 모르는 것들이 훨씬 많아. 우리는 그걸 해명하기 위해 공부를 계속하고 있는 거란다. 세계는 무척이나 넓어.'라고.

"또 가르쳐줘, 물리학. 어렵지만 어쩐지 재미있을 것 같아."

"알았어. 그 대신."

"나는 교토를 안내할게."

"거래 성립."

그렇게 말하고 함께 웃었을 때,

"다녀왔어-."

딸랑, 하고 미닫이 현관이 열리는 소리가 난 뒤 엄마의 목소리가 들렸다.

"아, 엄마다."

우리는 꽤 오랫동안 이 방에서 책을 읽고, 이야기를 나누고 있었던 모양이다.

시계를 보니 밤 11시가 지나있었다.

"그럼 난 아래층으로 내려갈게."

"응. 오늘은 고마웠어. 잘 자."

코우는 계단을 내려갔다.

나는 아빠 방에서 코우와 헤어진 뒤 내 방으로 돌아가 그대로 책상 쪽으로 갔다. 그리고 습관적으로 연두색 노트를 꺼내 오늘의 일기를 쓰기로 했다.

7월 3일

오늘은 코우와 함께 주문 도시락을 먹었다.

그 후에 같이 책을 읽었다. 코우는 무지개와 하늘 이야기를 해 주었다.

물리학에 아주 약간 흥미를 갖게 되었다.

오늘은 코우랑 잔뜩 이야기할 수 있었다. 코우에 대해 여러 가지를 알게 된 느낌이 든다.

일기를 다 쓰고 나자, 갑작스럽게 수마가 덮쳐왔다.

하품을 크게 한 뒤 이불 속으로 꾸물꾸물 파고들었다. 어제는 여러 생각을 하느라 잠들 수 없었으니까.

오늘은 좋은 꿈을 꿀 수 있을 것 같아…….

그런 예감을 품으며 나는 살며시 눈을 감았다.

○ ○ ○

아침에 일어나자 오늘도 코우는 없었다. 분명 대학에 간 거겠지.

밤이 되면 돌아올 거라 생각하고 기다렸는데, 코우는 좀처럼 집에 오지 않았다.

길을 잃은 걸까?

푸른 달이 뜬 지 나흘째가 되는 날 밤.

집을 나선 나는 푸른 달빛이 비치는 밤 속을 걷고 있다.

오늘도 달에서 빛이 비치고 있었다. 눈앞에 뻗은 달빛이 만들어 낸 길을 걸으며 그가 있을 신바시 다리로 가고자 했다.

신바시 다리로 오니, 역시 코우는 그곳에 있었다.

코우를 발견하면 내 마음은 들뜬다.

마음이 들뜨니 발걸음까지 가벼워져서, 그 순간 나는 그의 곁으로 뛰어가고 있었다.

"코우!"

그렇게 외치며 손을 흔들었다.

"아카리."

나와는 대조적으로 언제나 침착한 코우.

나를 바라보는 눈매는 부드러우며, 입가에 넘칠 듯한 미소를 띠고 있다.

그의 모습을 보면 내 마음에 등불이 켜진다.

있어 줘서, 다행이야……. 마음속으로는 그렇게 생각하는데,

"매일 마중 나와 주지 않으면 안 되는 거야?"

이런 식으로밖에 말할 수가 없다. 귀엽지 않은 나 자신이 싫다.

"그런 건 아니지만……."

평소에는 똑 부러지게 말하는 코우가 말을 흐리고 있다.

"마중 나오는 거 민폐였어?"

"아니, 고마워. 엄청. 하지만 말이지."

나는 난처한 표정을 짓는 코우에게 말했다.

"저기 말이야! 엄마가 코우한테 아르바이트 부탁할 수 없냐고 하셔."

"……아르바이트?"

"응! 나 오늘 심부름 부탁받았는데, 그걸 도와주는 식이

야. 괜찮을까?"

"……좋아."

"그럼, 출발."

빙글 돌아서 걷기 시작하는 내 등 뒤로 코우가 말을 걸었다.

"그래서, 어디에 가는 거야?"

나는 다시 코우 쪽으로 몸을 돌려, 눈을 맞추고 말했다.

"등롱 가게!"

"등롱 가게?"

"응!"

료칸 안에 매달아 두었던 등롱의 박지가 찢어지고 만 모양이었다. 나는 그 등롱 수리를 부탁받았다.

우리는 일단 료칸으로 돌아가 엄마한테서 등롱을 건네받았다.

"코우, 미안해-. 아카리 혼자서는 미덥지 못하니까."

미안하다는 표정으로 쓴웃음을 짓는 엄마에게 코우가 "괜찮아요. 같이 다녀오겠습니다."라고 대답했다.

"그럼 다녀올게!"

료칸 앞에서 손을 흔드는 엄마와 헤어진 뒤, 우리는 큰길에서 버스를 타고 익숙한 등롱 가게로 왔다.

벨을 울리니 키가 크고 체격이 좋은 남자가 나왔다.

"오, 아카리. 어서 오너라. 오랜만이구나."

어릴 적부터 신세를 진 등롱 가게 아저씨다.

"아저씨, 안녕하세요."

나는 미소로 대답했다.

"어라? 그쪽은 남자친구냐?"

아저씨는 코우를 보고 말했다.

"아니요. 아르바이트하는 사람이에요. 오늘은 저를 도우러 같이 왔어요."

"그러냐."

"잘 부탁드립니다."

코우가 그렇게 말하며 가볍게 머리를 숙였다.

가게 안은 공방으로 꾸며져 있었다.

바닥 한 면이 작업장으로 되어 있고, 아저씨 외에 직공이 두 명 있었다.

바닥 위에는 신사나 가게 앞에서 볼 수 있는 커다란 등롱이 놓여 있고, 벽에는 등롱의 재료일 것으로 짐작되는 목재가 잔뜩 기대 세워져 있었다.

지금은 한창 대형 등롱을 만드는 중이었다.

대나무를 균등한 굵기와 길이로 잘라서 나누는 직공. 그 옆에는 균등한 폭으로 고정된 골조에 전통지를 붙이는 직공이 있었다.

코우는 찌르르한 긴장감이 감도는 공방을 물끄러미 보고 있었다.

"이 정도라면 금방 다시 붙일 수 있는데, 시간이 없으면 내일 배달해도 돼."

아저씨는 가져온 등롱을 얼추 보고는 그렇게 말했다.

"네. 그럼 기다릴게요. 그 동안 견학해도 돼요?"

"어?"

코우의 눈이 빛난 것처럼 보였다. "보고 싶지?"라고 묻자 코우는 고개를 끄덕였다.

"보기만 해서는 재미없지 않겠냐?"

나는 아저씨가 한 말을 금방 이해할 수 없었다.

고개를 갸웃하며 아저씨를 보고 있었더니,

"사실 가게에서 이 아저씨가 미니 등롱 만들기 체험을 시작했는데, 아카리 너도 조금 해 보지 않으련?"

갑작스러운 제안에 놀라면서도 나는 금방 대답했다.

"네! 만들게요! 만들어 보고 싶어요! 괜찮지?"

코우를 보며 물었다. 코우도 "해보고 싶어."라고 대답했다.

아저씨는 등롱을 직공 분께 맡기고 우리한테 등롱 만들기 체험을 시켜 주시려는 모양이었다. 아저씨도 아이들 상대로 시험해 보고 싶었던 것이리라.

공방을 지나 계단을 몇 칸 오르자 안쪽에 작은 방이 있었다.

아저씨는 우리를 그곳으로 안내했다.

방에는 긴 책상이 놓여 있고, 책상 위에는 옅게 물든 작은 전통지가 있었다.

평소에 보는 등롱의 하얀색과는 다르게 염색된 전통지를 보고 놀라서,

"이렇게 예쁜 색 등롱을 만들 수 있는 거예요?"라고 물었다.

"그래. 자기만의 오리지널 등롱을 만들게끔 하고 싶어서 생각한 거야. 좋아하는 색깔의 전통지를 골라 보거라. 색이 정해지면 무늬가 있는 이 전통지도."

우리는 잔뜩 있는 색깔 중에서 좋아하는 색깔 전통지를 골랐다.

나는 벚꽃 색깔 전통지로 했다. 코우는 수국 색깔 전통지를 골랐다.

다음은 몇 종류 있는 무늬 전통지 중에서 고른 색과 분

위기가 어울리는 것을 골랐다.

색깔 전통지와 무늬 전통지, 두 전통지를 조합하여 미니 등롱을 만든다고 한다. 여러 조합을 시험해 봤는데, 조합 하나로도 등롱의 인상이 꽤 달라졌다.

세상에서 단 하나뿐인, 나만의 등롱이 생길 것 같은 예감이 든다.

"아저씨, 이렇게 하는 것 맞나요?"

"아냐, 아냐. 반대쪽이야."

"이쪽은 어떻게 바르면 됩니까?"

"여기는 말이지……."

우리는 아저씨에게 배우면서 철사 위에 물풀로 전통지를 발라 나갔다.

만들어지는 중인 내 등롱은 풀이 튀어나와 정말이지 볼품이 없었다.

이걸로 괜찮은 걸까? 잘못 바른 건 아닐까?

걱정이 되어 곁눈질로 옆을 보니,

"예쁘다……."

나도 모르게 황홀한 목소리를 내고 말 정도로, 전통지가 아름답게 발린 수국 색깔 미니 등롱이 완성되어 있었다.

코우는 뭐든지 잘하는 거야?

코우는 내 등롱을 슬쩍 보더니, 가지고 있던 붓으로 튀어나온 풀을 떠내어 보수했다.

"이쪽부터 바르니까 깔끔하게 고쳐지지?"

"응……."

나는 그렇게 중얼거리고는 곁눈질로 코우를 보고 있었다.

미니 등롱을 마주하고 있는 모습은 마치 직공 같았다. 눈빛이 다르다.

코우는 교토의 문화를 즐기며, 진정한 전통문화에 더욱 깊게 다가가고 싶어 하는 것 같았다.

어쩌면 나랑은 마음가짐부터가 다른 게 아닐까, 그런 생각이 그때 들고 말았다.

"아카리, 손이 멈췄어."

코우가 자기 등롱에 시선을 향하면서 그렇게 말하기에, 나는 황급히 손을 움직였다.

"이제부터 하려고 했었어!"

조금 전보다도 꼼꼼하게 작업한다. 집중해서 풀칠하고, 두 종류가 한 세트로 된 전통지를 전부 발랐다.

"됐다! 다 했어!"

전통지를 다 바른 등롱을 아저씨가 받침대에서 천천히

들어내 주었다. 그러자 나만의 귀여운 미니 등롱이 그곳에 나타났다.

"조금 기다려라."

완성된 등롱에 양초형 라이트를 넣고 스위치를 켜자 전통지가 은은하고 따뜻하게 빛났다.

부드러운 등롱 불빛이 벚꽃 색깔로 감싸인다.

코우 앞에 있는 미니 등롱에도 불빛이 켜져 있다. 코우의 등롱은 수국 색깔로 빛나고 있다.

"엄청 예쁘다……. 아저씨, 고맙습니다."

"아니다, 아니야. 고맙다고 해야 할 건 오히려 나지. 아이들이 어디서 난처해하는지 잘 알게 됐어."

아저씨는 그렇게 말하고는 하얀 이를 드러내며 씩 웃고, 완성된 미니 등롱을 하얀 상자에 넣어 주었다.

"오늘은 고맙구나. 마지막 손님이었어. 버스로 돌아갈 거냐? 조심해서 돌아가거라."

아저씨가 가게 앞에서 배웅해 주었다.

"감사합니다. 또 올게요!"

나는 아저씨에게 손을 흔들었다. 옆에 서 있는 코우는 조용히 고개를 숙였다.

"대단하네. 등롱을 스스로 만들 수 있다니."

흔들리는 버스에 몸을 맡기며 집으로 향하는 도중에 코우가 말했다.

7월의 교토 거리는 몹시 붐빈다. 오늘도 예외는 아니었다.

하지만 승객도 운전기사도 화내지 않는다. '기온 씨니까.', '어쩔 수 없지.' 다들 이구동성으로 그렇게 말한다. 7월의 교토는 암묵적으로 그렇게 양해하는 분위기였다.

버스가 기온으로 가는 데 여느 때보다도 시간이 걸린다.

코우는 등롱이 든 상자를 줄곧 바라보고 있었다.

"예쁜 등롱이 완성됐지."

"그러게."

"세상에서 단 하나뿐인 오리지널."

만족스럽게 그렇게 말했지만 코우한테서는 대답이 없었다.

느릿느릿 달리던 버스가 속도를 올렸다. 정체가 풀린 걸까?

앞을 보니 파란 신호가 계속되고 있었다. 차들이 기분 좋게 달리고 있다.

아, 고양이.

상점가를 걷는 새끼 고양이를 발견했을 때, 뒤에서 낮은 목소리가 들려왔다.

"그러고 보니 어제 읽은 책에 수학적 우주 가설을 제창했던 학자 이야기가 쓰여 있었지."

나는 의아하다는 듯이 돌아봤다. 코우는 손가락을 턱에 대고 내용을 떠올리는 것처럼 이야기하고 있다.

"지금 하는 이야기, 무슨 말이야?"

"아아. 아카리가 방금 그랬잖아? '세상에서 단 하나뿐인'이라는 말을 듣고 떠올렸어. 매사추세츠 공과대학의 맥스 테그마크가 주창한 수학적 우주 가설 이야기를."

"……응."

고개를 끄덕이면서도, 사실은 전혀 이해하지 못하고 있었다.

머리가 좋은 사람이 하는 말은 나한테는 이해되지 않는 모양이다.

코우는 미간을 찡그리는 내게 "무슨 표정이 그래."라며 웃었다.

"미안해. 실은 의미를 잘 이해할 수 없어서……."

"아, 그렇구나. 미안."

"아냐. 코우는 사과하지 않아도 돼."

내 말을 듣고 코우는 부드럽게 웃었다.

두근, 하며 심장이 울렸다.

"간단히 말하면 수학적으로 존재하는 모든 구조는 물리적으로도 존재한다는 이야기야."

어쩌지. 간단하게 말해줬는데 역시 무슨 말인지 모르겠어.

코우는 내 표정을 알아차린 것처럼 다시 입가를 올리며 미소 지었다.

온화하고 상냥한 코우의 마음을 접하면 안심이 된다.

이해는 안 된다 하더라도 코우가 하는 이야기를 더 듣고 싶어진다.

코우의 목소리를, 코우의 말투를. 그의 입술이 움직이는 것을. 계속 보고 싶어진다.

그런 내 마음을 알아차릴 리 없는 코우는 어린아이들에게 말하는 것처럼 천천히 이야기하기 시작했다.

"예를 들어 등롱을 만들 때, 색깔 전통지가 100종류 있고, 무늬 전통지가 100종류 있다고 쳐. 조합하면 10,000가지 패턴이 생기잖아? 하지만 10,001가지째부터는 같은 조합이 돼. 그러니까 세상에서 단 하나뿐인 등롱은 될 수 없다는 거야."

확률 이야기인가. 확실히, 중학교 수학에서 배웠었지……. 하지만 그건…….

"……그건, 꿈이 없네."

"뭐, 그렇게 말하면 그렇긴 한데. 그런 수학적인 사고방식으로 우주를 보는 학자가 있다는 이야기야."

"하지만 모든 것에 들어맞는 건 아니지 않아? 예를 들면 사람은? 똑같은 사람은 없잖아? 다들 다른 사람이야."

버스에 탄 사람들을 봤다. 성별, 연령, 용모. 다들 다르다.

똑같은 사람은 어디에도 없다.

"그 학자의 생각으로는 '모든 사람에게는 자기 자신을 복제한 것 같은 사람이 있으며, 먼 우주 어딘가에 숨어 있다'는 모양이야."

"거짓말…… 이지."

"그 주장에 의하면 인간은 무수한 물질의 조합으로 이루어져 있어. 그 물질을 조합하는 수의 확률도 우주 단위로 보면 반드시 어딘가에 같은 조합이 있다는 거지. 그래서 우주 어딘가에 반드시 똑같은 인간이 존재한다는 이야기야."

코우의 이야기가 가슴속에 쿵, 하는 충격으로 다가왔다.

"작은 세계에서 보면 꿈이 없는 이야기라도, 규모가 커지면 꿈이 있는 이야기라고 나는 생각했는데."

코우가 그렇게 말하며 미소를 지어 보였다.

"정말 그러네."

나는 고개를 끄덕였다.

『기온, 기온입니다.』

버스의 정차 안내도 깨닫지 못하고 코우의 이야기에 푹 빠져 있었다.

"자, 내리자."

코우가 그렇게 말하는 것과 동시에 갑자기 내 손을 잡았다.

너무나도 커다란 손바닥과 강한 힘에, 가슴 안쪽에서 큰 소리가 난다. 숨을 쉬는 걸 잊었다.

"죄송합니다. 내릴게요."

코우는 커다란 몸으로 혼잡한 버스 안에서 길을 만들어 주었다.

한쪽 손에는 등롱이 든 종이봉투를 들고, 다른 한쪽 손으로는 내 손을 잡은 코우 등의 어깨뼈 부근이 눈앞에 있다. 어제도 본 코우의 등에 가슴이 두근거리며 소리를 내고 있다.

굵은 목덜미도, 조금 삐져나온 옷깃 언저리도, 매끈하게 쭉 뻗은 척추 라인도. 뼈의 구조도 몸의 크기도 나와는 전혀 다르다. 코우는 남자인 것이다. 훨씬 어른인.

나는 코우가 만들어 준 길을 걸으면서 그런 생각을 하고 있었다.

일단 그런 생각이 들자 고동은 점점 빨라지기만 할 뿐이어서, 멈추는 방법을 알 수 없었다.

버스에서 내려도 내 발그레한 얼굴은 수그러들지 않았다.

"몸이 안 좋아?"

코우가 버스 정류장에서 멈춰 선 나를 살펴봤다. 나는 무심코 몸을 뒤로 젖혔다.

가까워, 가깝다구!

"아니. 괜찮아. 여름날의 교토는 덥구나-, 싶어서."

"오늘은 그렇게까지 덥지는 않잖아."

시치미를 떼 봤지만 그의 대답은 언제나 적확하다.

"그, 그렇지……."

얼버무리려 해도 코우 상대로는 어림도 없을 것 같다.

나는 몹시 시끄러운 심장 소리에 진정하라고 타이르며

료칸으로 돌아왔다.

"엄마, 다녀왔어~."

"코우, 미안하지만 거기에 걸어 주지 않겠니?"

동동거리며 분주하게 료칸을 뛰어다니는 엄마. 코우에게 그 말만 하고는 또 모습을 감췄다.

"그러라고 하네. 괜찮아?"

"알았어."

수선이 끝난 등롱을 사다리를 타고 매달았다.

료칸 앞에 따뜻한 불빛이 켜지고, 팟 하고 화려해진다.

나는 여름밤에 색을 곁들이는 등롱이 좋다.

"등롱이란 거, 따뜻하지."

코우가 매달린 등롱을 바라보며 문득 말했다.

"응……."

나도 등롱을 보며 대답했다.

"어쩐지 아카리랑 닮았어."

코우의 목소리에 놀라 고개를 번쩍 들었다. 코우도 나를 보고 있었다.

달빛에 비친 그의 모습은 투명하게 보였다.

"무슨… 말이야?"

가만히 물었다.

"불빛을 켜면, 사람을 끌어당기고. 보는 사람들의 마음을 따뜻하게 만들어 주는 점이……."

"……."

"거기에 있는 것만으로도 안심하게 되는 점이라든가……."

코우는 거기까지 말하고는 내게서 시선을 돌리고 "무슨 말을 하는 거지."이라며 쑥스러운 듯이 웃었다.

"그렇지 않아."

자기 자신을 부정하는 것처럼 작은 목소리로 그렇게 말했지만, 사실은 울고 싶을 만큼 기뻤다.

'등롱처럼 부드러운 빛으로 주변 사람의 마음을 따뜻하게 만들 수 있는 아이가 되었으면 좋겠어. 그런 바람을 담아 아카리라는 이름을 붙인 거란다.'

어릴 적의 나는 부모님에게서 이름의 유래를 들은 적이 있기 때문이었다.

그런데도 나는 사람들의 마음을 따뜻하게 만들기는커녕 아무리 시간이 지나도 정신연령은 낮고, 주변 친구와 가족을 곤란하게 만들 뿐이었다. 이래서는 안 된다고 생각하는데도, 좀처럼 스스로를 바꿀 수가 없었다.

내 유일한 콤플렉스를 처음으로 인정해 준 사람.

나는 코우와 만나서 정말로 다행이야.

울먹이는 목소리로 변하기 전에 집으로 돌아가야겠다고 생각했다.

화장실에 잠시 틀어박혀 있으면 이 열은 식겠지. 평소의 나로 금방 돌아올 수 있을 것이다.

"갑자기 이상한 소리해서 미안."

코우가 그렇게 말했다.

"아냐! 기뻤어."

나는 고개를 가로저은 뒤 솔직하게 대답했다.

코우 앞에서는 솔직해져도 된다고 다시금 생각했기 때문이다.

"그리고 등롱도 고마워. 걸었으면 이제 괜찮을 테니까, 돌아갈까."

"아, 나는 아카리네 어머니께 용건이 있으니까. 아카리는 먼저 가."

"으, 응."

혼자서 집으로 돌아온 나는 거실에 있는 유리문을 열고 툇마루에 앉았다.

밤하늘 한가운데서 둥근 달이 빛나고 있었다. 푸른 보름달이 은은하게, 이 세계를 파랗게 비추고 있다.

올해 7월의 보름달은 어째서 파랗게 보이는 걸까.

코우라면 뭔가 알고 있을까. 돌아오면 가르쳐 달라고 하자.

파란빛이 반짝이는 여름날의 밤하늘을 멍하게 바라보고 있었을 때, 나는 문득 그런 생각이 들었다.

푸른 달은 코우와 닮았다… 고.

계속 지켜봐 주는데, 아무리 손을 뻗어도 닿지 않는 듯한.

코우는 그런 신비하고 우아한 푸른 달과 매우 닮았다.

태양 같은 눈부신 빛이 아니라, 그저 그곳에 가만히 있는 것만으로도 모든 사람을 매료시키는 조용하고 부드러우며 온화한 달. 하지만 그 달은 하얀 달이 아니라 푸른 달이다.

푸른 달처럼 코우는 특별한 존재다. 나는 그렇게 생각했다.

"다녀왔어."

종소리가 딸랑 울리고 미닫이 현관문이 열리는 소리가 난 뒤 익숙한 목소리가 들렸다.

나는 툇마루에서 현관까지 뛰어갔다.

"어서 와!"

앞머리가 흐트러진 것도 깨닫지 못한 채 말했다.

"다녀왔어."

둘이서 웃으며, 현관의 높은 턱을 딛고 마루로 올라온 코우.

눈높이가 단숨에 높아져, 그에 이끌리는 것처럼 목을 뻗었다.

"거북이냐……."

한쪽 손으로 입을 가리고 살짝 웃는 코우를 보고, 거북이라니 뭐지? 하고 생각했다. 뭐, 상관없나.

나는 다시 기운을 내서 코우에게 말했다.

"주문 도시락, 도착했어."

우리는 어제와 마찬가지로 툇마루에서 도시락을 먹었다.

오늘은 도시락뿐만 아니라 작은 사발도 딸려 있었다. 이 사발은 료칸에서 내는 것이다. 엄마가 특별히 같이 달아서 보내준 것이다.

랩을 벗기니 자른 멜론이나 오렌지 등의 과일이 나왔다.

도시락을 다 먹고 둘이서 과일을 먹었다. 신선한 과일이 목을 타고 넘어갔다.

"으음~. 맛있어."

"그러게 정말."

혼잣말에 코우가 대꾸해 주었다.

나는 코우를 바라봤다. 코우도 이쪽을 봤다.

침묵이 몇 초 이어졌다. 무슨 말을 해야 좋을지 모르겠다.

눈길을 피하고 싶지 않지만, 이 이상은 보고 있을 수가 없었다.

동요한 나는 꾹 다물고 있던 입을 억지로 열어, 초조한 듯이 이야기하기 시작했다.

"오, 오, 오늘은 등롱 달아주는 것까지, 고마웠어! 아르바이트비는 좀 더 받아야겠다, 그치!"

말이 빠르게 나왔다.

조금 전부터 계속 들리는 심장 소리와 마찬가지로 몸에 흐르는 피가, 고동이 빨라진 것을 스스로도 알고 있었다.

"아니, 아르바이트비는 됐어."

코우에게는 여전히 시간이 느긋하게 흘렀다.

그게 아니면, 일부러 속도를 낮춰 주고 있는 걸까.

나를 자기 페이스로 데려가기 위해서.

"어째서?"

슬쩍 나온 목소리가 조금 전보다도 누긋하게 귀에 울렸다.

아아, 난 무언가를 느끼고 있다.

코우를 둘러싼 공기가 여느 때보다도 훨씬 무겁다는 걸 깨달았다.

약간의 뜸을 두고, 코우가 망설이면서 이야기하기 시작했다.

"겨우…… 가족이랑 연락이 됐거든."

"어……?"

"내일 아침에 집으로 돌아가려고 해."

"……."

"그러니까 만약 아르바이트비가 있다고 한다면, 그건 신세를 진 답례로서 받아 줬으면 좋겠어. 아니, 그보다 아카리를 돌봐 준 정도로 아르바이트비 같은 건 받을 수 없지."

코우는 그렇게 말하고는 아름다운 미소를 지어 보였다.

말이 나오지 않는 나의 머리에 손을 슥 올려놓고, 그는 부드럽게 미소 지었다.

"방금, ……아카리네 어머니께도 인사드리고 왔어."

"……."

"아카리, 머물게 해줘서 고마워. 덕분에 살았어."

"하, 하지만! 난 아직 교토를 안내해 주지 못했어! 코우한테 교토의 언덕길을 보여주고 싶었고, 7월 중순에는 기온 축제 전야제도 있는걸!"

굳게 잠겨 있던 수도꼭지가 겨우 열린 것만 같이, 입에서 말이 마치 물처럼 넘쳐 나왔다.

"그 밖에도 축제가 잔뜩 있어! 전부 코우한테 알려주려고 했는데……!"

넘쳐 나오는 물을 멈추는 법을 모르는 나를 타이르는 것처럼, 코우가 "충분해."라고 말했다.

그 상냥한 음색이 전하는 현실을 받아들이는 것과 동시에, 눈물이 흘러넘칠 것만 같았다.

나는 입을 굳게 다물고, 흘러넘칠 것 같은 눈물을 필사적으로 참았다.

"너는 정말 많은 것을 내게 알려줬어. 교토의 빙수, 밤의 야사카의 탑, 우주물리학 책, 그리고 오늘 봤던 등롱…… 전부 모르는 세계였어. 무척 감동했어."

나는 아무 말도 할 수 없어서 고개를 숙였다.

이제 코우와 만날 수 없다. 코우가 도쿄로 돌아가 버린다…….

"아카리."

부드럽게, 그가 나의 이름을 부른다.

날개가 달린 단어처럼 내 이름이 불리자, 어째서인지 나는 시선을 들고 말았다.

눈이 마주치자 코우는 지금까지 봤던 미소 중 가장 상냥한 미소를 띠며 말해 주었다.

"안정되면, 또 올 테니까."

"안정된다니, ……언제?"

"……다음 푸른 달이 뜨는 밤에는 또 이곳에 올게."

"푸른 달이 뜨는 밤이 금방 오는 거야?"

"그래. 7월의 마지막에 다시 한번 찾아와."

"……응. 알았어."

나는 끄덕일 수밖에 없었다.

"약속."

코우는 그렇게 말하며 새끼손가락을 내밀었다. 내 집게손가락 같은 그의 길고 가느다란 새끼손가락에 나의 새끼손가락이 얽힌다.

"약속이야?"

손가락을 감은 채, 나는 거듭 다짐했다.

"그래…… 꼭, 올게."

코우는 그렇게 말하고는 감았던 손가락을 풀었다.

그날의 일기는, 쓸 수 없었다. 쓸 기분이 들지 않았다.

아침에 일어나니 손님방은 깔끔하게 정돈되어 있었고, 코우는 정말로 사라져 있었다.

제5장

아침에 일어나자 빗소리도 들리지 않을 것 같은 안개비가 내리고 있었다.

나는 이불에서 일어나 창가에서 밖을 바라봤다.

이 기억은 대체 뭘까. 선명하게 보이는 꿈을 꾸고 있었던 걸까.

푸른 달빛도, 그 빛에 감싸인 그의 색소가 옅은 머리카락도, 푸른빛이 감도는 회색 눈동자도, 전부 꿈인 걸까.

그리운 삼베 잠옷을 걷어 올리자, 무릎에 있는 상처 흔적을 발견했다.

이 상처는 꿈속에서 피가 심하게 나왔던 부분과 같다.

8년의 세월이 흘러 상처는 거의 다 회복되었지만, 깊게 파인 부분만은 흔적이 되어 남아 있었다.

거울에 자신의 모습을 비추어 봤다.

꿈속의 '나'는 17살 여고생이었다.

양 무릎에서 피를 흘렸던, 여자다움이라고는 손톱만큼도 없는 부끄러울 정도로 활발한 여자애.

거울에 비친 지금의 나는 당시처럼 피부가 싱그럽지도 않고, 한 올 한 올이 살아있다고 느껴질 정도로 머리카락에서 윤기가 나는 것도 아니다.

당시의 모습은 남아 있지만, 17살 무렵보다도 조금 마르고 몸매가 더욱 여성스러워졌다.

길게 기른 갈색 머리카락이 가슴 앞에서 물결치고 있다.

거울에 비친 나는 역시 25살의 나다.

하지만 오늘 아침의 나는 여느 때와 달랐다.

조금 전부터 계속 머릿속이 지끈지끈 아프다. 목은 타는 것처럼 뜨겁고, 눈꺼풀은 여느 때보다 훨씬 무겁다. 뺨을 타고 흐르는 무언가를 알아차리고, 살며시 손을 댔다.

손끝에 붙어 있던 것은 눈물이었다.

나, 꿈을 꾸면서 울고 있었구나…….

교토로 돌아온 나는 푸른 달을 봤다.

푸른 보름달이 떠 있던 건 나흘간뿐이었다.

나는 그 나흘간, 무척 생생한 꿈을 꾸고 있었다.

그건 17살인 나와 19살인 코우가 만나, 푸른 달이 뜬 나흘간의 밤을 함께 보낸 꿈이었다.

꿈이라는 건 불확실해서, 현실로 돌아오면 자연히 흐릿해지고 이윽고 사라져 가는 것이라고 생각했다.

하지만 지금의 나는 그때 봤던 세계가 꿈이라고는 생각되지 않을 정도로, 그와 지냈던 여름의 나날을 또렷하게 기억하고 있었다.

이 꿈은 단절되지 않는다.

단절되기는커녕, 색이 바래지지도 않고 내 마음을 계속 따뜻하게 만들어 준다.

내가 푸른 달이 뜬 밤에 꾸고 있었던 꿈은, 뭘까……?

이런 꿈도 있는 건가?

나는 당혹스러워하면서, 별생각 없이 시선을 움직였다. 그곳에서 보인 건 연두색 색채였다.

나는 이끌리는 것처럼 그것에 다가갔다. 연두색 색채는 고등학교 때의 일기장이었다. 일기장을 살며시 손에 쥐고 페이지를 팔락팔락 넘겼다. 나는 어느 때의 페이지에서 손을 멈췄다.

7월 1일

믿을 수 없는 일이 일어났다.

타쿠토와 놀고 있었는데, 모르는 사람을 발견했다.

이름은,   .

우리는 친구가 되었다.

나는 다시 한번 공백 부분에 '코우'라는 글자를 넣어 읽어 봤다.

아아, 나는 꿈속에서 이 글자를 쓴 기억이 있다. 나는 이날, 코우와 만났다.

페이지를 팔락 넘기니 거기에는 다음날의 일기가 적혀 있었다.

7월 2일

타쿠토와 나노카,   랑 같이 빙수를 먹으러 갔다.

교토가 처음이라고 하는   는 야사카의 탑을 보고 감동하고 있었다.

그와 어깨를 나란히 하고 걸었던 밤길도, 빙수를 먹는 옆모습도, 야사카의 탑을 바라보는 눈동자의 색깔도, 타쿠토의 집이 아니라 '나'의 집을 선택해 준 것도 전부 선명하게 기억하고 있다.

내가 꾸고 있던 꿈은, 뭐지……?

이건, 정말로 꿈이야?

나는 당혹감을 느끼면서, 이어지는 일기의 내용을 살펴봤다.

7월 3일

오늘은 　　와 함께 주문 도시락을 먹었다.

그 후에 같이 책을 읽었다. 　　는 무지개와 하늘 이야기를 해주었다.

물리학에 아주 약간 흥미를 갖게 되었다.

기억하고 있다. 잊어버릴 리가 없다.

그와 함께 지낸 시간과 그가 가르쳐 주었던 하늘의 색깔 이야기. 그의 목소리와 그가 시선을 움직이는 법. 등롱을 든 채 '나'의 손을 잡은 그의 큰 손바닥과 부드러운 티셔츠 위로 떠 오른 듬직한 등. 나는 전부 기억하고 있다.

다음날을 보려고 7월 4일의 일기를 살폈다. 하지만 그날의 일기는 없었다.

그렇다. 꿈속의 '나'는 7월 4일의 일기를 쓰지 않았다…….

코우가 갑자기 돌아가게 되어 충격을 받은 '나'는 일기를 쓰지 못하고 그대로 이불 속으로 파고들고 만 것이다.

그때의 감정이 되살아난다. 바로 지금 느낀 고통처럼, 가슴 안쪽이 꾸욱, 하고 강하게 옥죄어 들어온다.

슬픔에 둘러싸이면서도, 내 마음속에는 따뜻하게 남는 말 역시 있었다.

그건 등롱을 보며 중얼거린 코우의 한마디였다.

'등롱이란 거, 따뜻하지……. 어쩐지 아카리랑 닮았어.'

그는 있는 그대로의 '나'를 인정해 준 사람이었다.

그의 옆에서는 솔직해질 수 있었다. 언제든지 '나'로 있을 수 있었다. 마음에 들지 않는 나 자신까지 좋아하게 될 수 있을 것 같은 느낌이 들었다.

'나'는 그런 그의 옆에 줄곧 있고 싶다고 생각했다.

하지만 코우는 '안정이 되면 또 돌아올 테니까'라고 말한 뒤 도쿄로 돌아가 버렸다…….

"아카리! 엄마 다녀올게!"

조용함을 깨고, 계단 아래서 엄마의 목소리가 났다.

그래. 엄마라면 코우를 기억하고 있을지도 몰라.

순간 정신을 차린 나는 일기장을 손에 든 채, 바닥을 박차다시피 방을 뛰쳐나가 계단을 뛰어 내려갔다.

"아카리! 계단 정도는 천천히 내려오렴!"

"엄마! 코우 기억해?!"

엄마가 하는 말을 끝까지 듣지 않고, 나는 이야기를 꺼냈다.

엄마는 "코우?"라며 고개를 갸웃했다.

"내가 고등학생이었을 때, 대학생 남자가 이 집에 머물렀잖아? 아빠네 대학의 학생이고, 기숙사에 불이 나는 바람에 갈 곳이 없어서……! 엄마도 훈남 대환영이라며 기뻐했었잖아!"

"갑자기 무슨 말을 하는 거니? 그런 애 몰라."

"뭐? 기억 못 하는 거야?"

"기억하고 뭐고, 그런 일은 한 번도 없었어."

"말도 안 돼……."

"왜 그래? 이상한 꿈이라도 꾼 거니?"

엄마는 그렇게 말하며 쿡쿡 웃고는, 자기 눈가에 손가락을 대고 말했다.

"아카리, 눈곱 붙어 있어. 얼른 세수하고 오렴. 엄마는 갔다 올 테니까.”

어릴 적에 자주 들었던 말과 미소를 내게 건네고, 엄마는 현관문을 열었다.

여름날 아침의 눈부신 빛이 어두운 방에 비치다시피 들어온다.

아침 햇살이 펼치는 경치 속에서 엄마가 뒤돌아보며 말했다.

“아침밥은 식탁 위에 차려뒀어. 아침 지나기 전에 먹으렴.”

생긋 웃는 입꼬리만이 보였다. 엄마는 눈부신 여름을 따라 경치 속으로 사라져 갔다.

엄마의 모습이 보이지 않게 되자, 나는 그 자리에 털썩 주저앉았다.

역시 엄마도 코우를 기억하지 못하고 있었다…….

한동안 정신을 차리지 못하고 멍하게 있었다.

멍하게 천장을 올려다보는 내 귀에 툭, 하고 무언가가 떨어진 듯한 소리가 들렸다.

소리가 난 쪽으로 눈길을 줬다. 무릎 위에 놓여 있던 일기장이 미끄러져 떨어진 모양이다.

바닥 위에 떨어진 노트는 펼쳐진 상태로 이쪽을 보고 있다.

나는 노트를 살며시 들어 올려, 펼쳐져 있는 페이지를 죽 훑어봤다.

거기에는 코우가 돌아가고 난 이후의 일기가 적혀 있었다.

7월 5일

아침에 일어나니 손님방의 이불은 깔끔하게 정돈되어 있었고,   의 모습은 없었다.

정말로   돌아가 버렸다.

또, 와 줄까.

와 주겠지. 약속했으니까…….

적혀 있는 글자는 여느 때보다도 작고 섬약했다.

이걸 쓴 '나'도 몹시 낙심하고 있었던 것이리라는 생각이 들었다.

역시, 코우는 일기장 속에 있다.

하지만 코우는 누구의 기억 안에도 존재하지 않는다.

나는 혼란스러웠다. 코우가 있었던 것이 꿈속 이야기인

지, 망각하고 만 현실의 일인지 판단이 되지 않았다.

하지만 나는 꿈이 아니라, 현실에 그가 있었다고 생각하고 싶었다.

그와 보낸 17살 때의 여름을 허구라고 생각하고 싶지 않았다.

그렇다면…… 어째서 나는 코우의 존재를 잊어버린 걸까?

고작 나흘뿐인 기억이라서? 그래서 코우를 잊어버리고 만 걸까?

코우가 내 곁을 떠나자, 가슴속에 커다란 구멍이 뻥 뚫린 듯한 감각에 빠졌다.

17살의 '나'는 이런 마음을 품으면서도, 코우를 잊어버리고 말았다는 건가……?

자기 일인데도 알 수가 없었다.

생각하고 또 생각해 봐도, 떠오르는 것은 그가 '나'를 부르는 낮은 목소리와, 그 끝에 있는 그의 미소뿐이었다.

정원으로 이어지는 커다란 유리문을 열고 툇마루에 앉았다.

정원에 핀 산딸나무 잎이 비늘 같은 그림자를 만들어,

내 발아래 콘크리트에 짙은 실루엣을 만들어 내고 있었다.

그 실루엣은 조각구름처럼 보이기도 했고, 바다 위를 뛰어오르는 날치처럼 보이기도 했다.

바람이 불어 실루엣이 움직이자, 비늘 같은 그림자가 세로로 이어져 기린처럼 보였다.

그림자가 만들어 내는 예술작품이었다.

우연의 산물인데도, 나는 어째서인지 실루엣에서 눈을 떼지 못하고 있었다.

“아카리.”

그림자가 기린에서 학처럼 목이 긴 새로 변한 그때, 어디선가 바람을 타고 상냥한 목소리가 들려왔다.

문득 고개를 들었더니, 툇마루 앞의 나무로 둘러싸인 작은 정원 위로 이쪽을 보고 있는 누군가의 존재를 알아차렸다.

그리운 서 있는 모습. 부드럽게 미소 짓는 입꼬리와 짙은 갈색 머리카락.

그건, 내가 좋아하는 사람이었다.

“카나데…….”

“뭐 하고 있어?”

“어쩐 일이야?”

그와 목소리가 겹쳤다.

"아카리?"

나는 분명 안심한 것이리라.

그의 모습에, 변하지 않는 그 목소리에 뜨거운 것이 뺨을 타고 소리 없이 떨어지는 것을 알 수 있었다.

하지만 나는 그걸 닦지도 않고 그를 봤다.

냉정한 그의 표정이 순식간에 무너졌다. 눈을 가늘게 뜨고 걱정스럽다는 듯이 나를 바라보고 있다.

"울지 마."

카나데의 목소리가 고막에 울린다.

"갑자기."

카나데의 말에는 역시 마법이 걸려 있다. 내 슬픔을 이 이상 늘리지 않는, 상냥한 마법이다.

"일단 그쪽으로 가도 돼?"

나는 고개를 끄덕이며 일어서서는, 현관까지 가서 문을 열었다.

미닫이로 된 문을 열자 종소리가 딸랑 울렸고, 그 후에 바깥의 빛과 함께 카나데가 나타났다.

"무슨 일이야?"

"그건 내가 하고 싶은 말인데."

내 목소리에 그는 선뜻 그렇게 대답한 뒤, 내 눈가에 손을 대고 손끝으로 눈물을 닦아 냈다.

"일단 울음 그치자. 자, 아카리가 좋아하는 마카롱."

그리고 들고 있던 종이봉투를 들어 올려 보였다.

"그런 거…… 어린애도 아니고."

그렇게 말하면서 나는 웃었다.

울다 웃는다는 게 이런 거구나. 눈물은 넘쳐흐르는데, 그가 눈앞에 있는 현실이 이렇게나 기쁘다.

카나데는 내 뺨에 남겨진 눈물을 다시 한번 닦아 내고, "무슨 일 있었어?"라며 고개를 갸웃했다.

나는 고개를 도리도리 가로저은 뒤, "눈에 먼지가 들어간 것뿐이야. 이제 괜찮아."라고 말했다.

그는 안심한 것처럼 미소 짓고는 "들어가도 돼?"라고 물었다.

카나데 덕분인지, 마카롱 덕분인지. 내 눈물은 멎어 있었다.

그제야 그 사실을 알아차린 나는 "응."하고 끄덕였다.

"오랜만이네. 아카리네 집."

거실로 오자마자 금방 카나데가 말했다.

"반년만인가? 전에 왔을 때는 겨울이었지."

"그래."

카나데는 고개를 끄덕이고 툇마루에 앉았다.

가슴이 욱신거리는 소리를 냈다. 그곳은 꿈속에서 코우가 앉아 있었던 장소였다.

"그때 카나데 엄청나게 긴장하고 있었지."

"그야 그렇지."

카나데는 그렇게 말하고는 머리를 긁적였다. 카나데가 긴장하는 것도, 쑥스러워하는 것도 드문 일이었다.

"아카리를 제게 주십시오, 라고 말하러 간 거니까."

갑자기 프러포즈 받은 반년 전 겨울날 이후, 카나데는 곧바로 휴가를 받아 교토에 가자고 말했다. 내 부모님께 인사를 하고 결혼 허락을 받으러 가고 싶다며.

당시의 나는 언젠가 결혼하자는 말이라고 생각했었다.

그렇게 프러포즈해줬을 때의 카나데는 멋졌지……. 라며 태평하게 여운에 잠겨 있었는데, 행동파인 카나데는 눈 깜짝할 사이에 결혼까지 가는 길을 준비해 주었다.

나는 그의 옆에 붙어 걸어갈 뿐이었다.

"아빠도 엄마도 기뻐해 줘서 다행이었지."

나는 그의 옆에 앉았다.

스카이블루 향기가 난다. 오랜만에 맡는 그의 냄새.

"정말로 다행이야."

그는 중얼거리면서 나를 바라봤다.

시선이 이어지자 카나데의 눈매가 잔잔해져 가는 것을 알 수 있었다.

내 가슴이 안쪽에서 작은 소리를 낸다.

카나데의 입가가 살며시 올라간 뒤, 긴 두 팔이 내게 뻗어 왔다.

내 몸이 안쪽에서부터 꾸욱, 하고 움츠러들었다.

카나데는 꽉 껴안는다기보다도, 부둥켜안는 식으로 날 안는다.

긴 팔로, 넓은 가슴으로 내 모든 것을 감싸는 것처럼, 몸속부터 끌어안는 것처럼 나를 둘러싼다.

나는 카나데에게 안기는 게 좋다.

단단한 가슴에 얼굴을 묻자, 머리 위에서 목소리가 들렸다.

"정말, 다행이야……."

진심을 담아, 다시 한번 그가 말했다.

초여름에는 특히 일이 바쁜 부모님이지만, 카나데가 교토에 왔다고 연락하자 서둘러 돌아와 주었다. 식탁 위에는 작은 사발에 담긴 전채 요리, 조림 요리, 회까지 차려져 있다. 식탁 중앙에는 오우미 와규 스키야키. 구석에는 지방 특산주가 몇 종류 늘어놓았다.

일본식 방에 놓여 있는 커다란 종이봉투는 카나데에게 주는 선물일 것이다.

"카나데, 잘 와줬어. 아카리만 있어서 쓸쓸했는데."

"오랜만에 얼굴을 볼 수 있어서 기쁘구나. 카나데."

이 시기에 오랜만에 얼굴을 볼 수 있었던 건 아빠도 마찬가지라고 생각했지만, 말하는 건 그만뒀다.

"늦어져서 죄송합니다."

"일이 바쁘다고 들었거든. 그런 와중에 일부러 와줘서 고마워."

엄마는 카나데의 빈 잔에 맥주를 따르면서 말했다.

카나데는 "감사합니다."라며 고개를 숙였다.

"몸은 괜찮니? 잘 자고 있어?"

마치 친엄마 같다. 꿈속에서 코우가 집에 왔을 때도 느꼈지만, 엄마는 사실 남자애를 원했던 건 아닐까.

"네. 괜찮습니다. 신경 써주셔서 감사합니다."

카나데는 싱긋 미소 지었다.

"아카리는 잘하고 있니? 정말 왈가닥인 딸이라 카나데

에게 어울리는 아내가 될 수 있을지 걱정이란다."

아빠는 아무 말도 하지 않고 고개를 끄덕이고 있다.

잠깐, 그게 무슨 말이야! 라고 말하고 싶어졌을 때, 카나데가 말했다.

"아카리는 제게는 아까운 사람입니다. 저는 아무리 지쳐 있어도 그녀의 미소를 보면 안심이 됩니다. 그녀와 이야기하면 편안해집니다. 아카리는 저를 따뜻한 곳으로 이끌어 주는 사람이라고 생각합니다. 아카리와 결혼하는 걸 허락해 주셔서 정말로 감사합니다."

엄마는 "어머나."하고 목소리를 높였고, 아빠는 조금 전보다도 깊이 고개를 끄덕였다.

나는 어쩐지 부끄러워져서 눈을 내리깔았다.

처음은 네 명이 함께 이야기꽃을 피우고 식사를 즐겼는데, 술이 들어감에 따라 남자끼리의 대화가 많아졌다. 지금은 아빠가 카나데를 독차지하고 있었다.

'아들이랑 함께 술을 마시는 게 꿈이었어.'

말로 하지 않아도 그런 마음이 전해지는 것만 같은 표정으로, 나한테는 이야기하지 않을 일 이야기까지 카나데에게 하고 있다.

저녁 반주를 계속하는 두 사람을 바라보면서 나와 엄마

는 식탁을 정리하기 시작했다.

엄마도 즐거운 듯이 술을 마시는 두 사람을 따뜻한 눈으로 보고 있었다.

다음 날, 부모님은 아침 일찍부터 일을 하러 나갔다. 나와 카나데는 교토 시내로 나왔다.

일이 바쁜 그는 좀처럼 긴 휴가를 얻을 수 없어서 여행도 뜻대로 하지 못한다. 그래서 교토에 왔을 때는 다양한 관광지에 가 보고 싶다고 했다.

말은 그렇게 했지만, 카나데가 교토에 온 건 이걸로 겨우 세 번째다. 카나데는 여전히 교토에 대해 잘 모른다.

"어디가 좋을까? 카나데는 뭐가 보고 싶어?"

"교토다운 거지. 역시."

"그렇겠지-. 청수사도 코우다이지도 요전에 왔을 때 갔었으니까."

"그래. 조명에 비친 겨울의 청수사도 코우다이지도 근사했어."

"응……. 아름다웠지. 지금 계절이라면 어디가 좋을까."

기온 축제가 막 시작된 참인 교토 시내는 전야제를 향한 준비로 바쁘다.

그렇다면 조금 먼 곳, 아라시야마에 가는 건 어떨까. 쿠라마나 키후네 쪽에 가는 것이 좋을지도 모른다.

라쿠호쿠 쪽의 풍경을 떠올리고 있는데, 카나데가 내 얼굴을 살피듯이 쳐다보고는 "아카리는?"하고 물었다.

"어?"

"아카리가 가고 싶은 곳은 어디야?"

"어디냐니……."

교토에 온 사람을 관광지에 안내하는 게 교토에 사는 사람의 역할이라고 생각했다.

그러니 나는 그 사람이 기뻐할 곳으로 데리고 간다. 설명한다. 그걸로 충분하다고 생각했었으니까, 카나데가 한 말에 솔직히 놀랐다.

"아카리가 지금 가고 싶은 곳에 가고 싶어."

카나데는 조용히 그렇게 말했다.

그 말을 듣고 문득 머릿속에 떠오른 것은 한 절이었다.

"그럼, 토우후쿠지……일까."

"토우후쿠지?"

"히가시야마구 혼마치에 있어. 교토 최대의 절이고, 단풍의 명소로 유명해."

"단풍……? 여름인데?"

"응. 초여름의 토우후쿠지도 아름답거든……."

단풍이 드는 시기에 많은 사람이 모이는 절—그것이 선종의 명찰인 토우후쿠지다.

'토우후쿠지'라는 이름은 나라에 있는 토우다이지의 '토우'와 코우후쿠지의 '후쿠'를 따서 붙여졌다고 한다.

나라에 있는 커다란 두 절에 뒤떨어지지 않을 정도로 규모가 크며, 지금도 여전히 교토 최대의 절이다.

큰길로 나와 택시를 세우려고 하는 카나데에게 "오늘은 전철에 타지 않을래?"라고 제안하고, 우리는 케이한 본선 기온시죠역으로 향했다.

케이한 본선 기온시죠역에서 토우후쿠지역까지는 눈 깜짝할 새였다.

역에 도착하자 관광객으로 보이는 사람들이 드문드문 있었다.

단풍이 드는 계절에 왔다면 미어터졌을 길도, 제철이 아닌 지금은 걷기 편했다. 나는 모르는 사람들의 얼굴을 힐끔힐끔 보면서 토우후쿠지를 향해 걸었다.

『토우후쿠지는 이쪽』이라고 적힌 간판대로 걸어가자, 토우후쿠지 산문(山門)이 보이기 시작했다.

실은 토우후쿠지에 온 건 이번이 두 번째였다.

초등학생 무렵, 아빠랑 엄마와 함께 셋이서 온 적이 있다.

처음 온 건 11월. 단풍이 드는 계절이었지.

당시를 떠올리면서 넓은 경내를 걸었다.

통천교에서 본 아름다운 단풍은 지금도 기억에 생생하다. 그때 아빠가 했던 말도.

'아빠, 굉장해. 예뻐…….'

어린 나는 혼잡한 인파 속에서 있는 힘껏 목을 뻗어 새빨간 단풍을 바라보며 말했다.

아빠는 나를 덥석 들어 올려 목말을 태우고는, 바로 아래에 있는 단풍을 보여줬다. 세상이 새빨갛게 물들어 있었다.

'그래. 아름답구나.'

'아빠, 단풍은 계속 빨개?'

나는 그렇게 물었다. 빨갛게 물든 잎이 신기했다.

'아니. 시간을 들여 빨갛게 물들어 가는 거란다. 초하의 단풍은 빨갛지 않아. 그럼 다음에는 초하에 보러 올까.'

'초하?'

'이른 여름이라는 의미야. 이른 여름의 단풍은 청단풍이

라고도 해.'

청단풍이라는 말을 처음 들은 나는 그 말에 매우 끌렸다.

'청단풍, 보고 싶어!'

'그럼, 또 오자.'

'약속이야.'

'약속.'

약속은 했지만, 초여름에 일이 매우 바빠지는 부모님과는 그 약속을 지키지 못했고, 그대로 세월은 흘러 나 자신도 청단풍의 존재를 잊고 있었다.

푸른 달을 보기 전까지는.

달은 하얗다고 믿어 의심치 않았던 내가 봤던 푸른 달.

그 푸른 달이 청단풍의 존재를 떠올리게 해줬다고 생각한다.

가고 싶은 곳을 물었을 때, 문득 떠올린 것은 이 장소였다.

넓은 경내와 거대한 가람에 압도되면서도, 나는 본당과 개산당*을 잇는 지붕이 딸린 긴 목조 다리 쪽으로 걸어왔다.

옛날에 아빠와 함께 단풍을 봤던 장소였다.

잘 보니 경내에는 작은 시내가 흘러 계곡이 되어 있었다.

* 절을 세우는 데 이바지한 개산조사의 초상을 모신 곳

그 계곡을 꿰뚫는 것처럼 걸려 있는 것이 이 통천교다.

하늘까지 이르는 다리라는 의미가 있는, 높게 치솟은 통천교 위를 걸으면 마치 공중을 걷고 있는 듯한 기분이 든다.

신기한 기분을 느끼고 있는 도중, 카나데가 눈부실 정도로 아름다운 단풍에 이끌리듯이 통천교 중앙에서 멈춰 섰다. 전망대처럼 튀어나온 공간에 서서 눈 아래의 단풍을 본다.

2,000그루나 되는 단풍나무를 꼭대기에서 내려다볼 수 있었다.

계곡 전체가 청단풍으로 물들어 있다. 청단풍과 푸른 하늘이 하나로 녹아 들어갈 것만 같다.

상쾌할 정도로 아름다운 세상을 바라보며, 카나데가 말했다.

"굉장하네……."

"응……."

우리는 그 이상 할 말이 없었다.

사람은 마음이 움직일 정도로 감동하게 되면 온갖 말을 잃어버리게 되는 것일지도 모른다. 문득, 그런 생각이 들었다.

"아카리."

한동안 넋을 잃고 그 경치를 바라보고 있었더니, 카나데가 내 허리를 잡고 끌어당겼다.

카나데를 올려다보자 "죄송합니다."라며 나를 스쳐 지나간 상대에게 작게 고개를 숙였다.

다음에 온 관광객이 이 경치를 보고 싶어서 내 옆에 선 것이다.

카나데는 무심코 멍해지는 버릇이 있는 나를 언제나 이끌어 준다.

카나데가 말하는 것처럼 내가 카나데를 따뜻한 장소에 데려가 줄 수 있다고 한다면, 그건 카나데가 길을 밟아 다져주기 때문이었다. 어떤 길을 지나도 다치지 않도록, 사고가 일어나지 않도록 지켜봐 주니까.

그런 안심감이 있기에, 나는 카나데와 함께 살아가고 싶다.

나중에 온 커플은 사진을 몇 장 찍고는 "예뻤지~.", "다음은 저기 갈까."라고 말한 뒤 금방 사라졌다.

또 두 사람의 세계가 돌아왔다.

"저기, 아카리."

청단풍이 물들이는 근사한 경치를 바라보면서 카나데가

말했다.

"어제는, ……어째서 울고 있었던 거야?"

"……그건."

말이 턱 막혔다.

아무 말도 할 수 없어서 눈을 내리깔았다.

아무 일도 없었다는 듯이 넘어갔다고 생각했는데, 역시 카나데한테는 당해낼 수가 없다고 느꼈다.

어떤 사소한 변화라도 간파당하고 만다.

그리고 그걸 절묘한 타이밍에 물어본다.

"말하고 싶지 않다면, 묻지 않을게."

시선을 맞추지 않는 카나데의 상냥함이 좋다.

나는 카나데가 누구보다도 소중하다.

이만큼 카나데를 좋아하는데, 앞으로의 인생을 함께 살아갈 사람은 카나데밖에 없다고 생각하는데, 내 마음은 어디선가 코우를 찾고 있었다.

이 마음은, 뭘까?

카나데와 보내는 시간 속에서, 어째서 나는 코우를 겹쳐 보고 있는 걸까.

"실은 말이야."

잠자코 있는 나를 대신해 카나데가 천천히 이야기하기

시작했다.

"걱정이었어……. 아카리가 교토에서 울고 있는 건 아닌가 해서."

"어……?"

"처음 만났을 때, 아카리가 말했었잖아? 도쿄에 온 이유를. 교토에 있으면 이유도 없이 눈물이 흘러나온다고. 그래서 도쿄에 오는 걸 선택했다고."

그런 말…….

"했던가?"

"응. 했어. 나랑 만났을 때의 일 기억하고 있지 않아?"

"미안…… 기억이 애매해서."

"그럼, 우리 둘의 만남도, 눈물 이야기도 기억 못 하고 있는 거야?"

"응…… 미안."

카나데와 나는 도쿄의 같은 대학 학생이었다.

넓은 캠퍼스의 잔디 위에서 카나데와 나는 처음으로 만났다.

그때, 그는 나를 보고 뭔가를 말했다. 카나데는 뭐라고 했더라?

우리는 어째서 사귀게 되었던 거였지?

"나, 역시 바보인 걸까……."

"뭐야, 갑자기."

"요새 여러 가지를 잊고 있어."

"응."

"어째서일까?"

무심결에 새어 나온 말로 "떠올리기 위해서 온 걸지도 모르겠네."라고 카나데가 말했다.

나는 카나데를 물끄러미 바라봤다.

"모든 것을 다시 떠올리기 위해서, 아카리는 교토에 온 걸지도 몰라."

바쁜 그가 교토에 오래 머물 수 있을 리 없다는 건 알고 있었지만, 작별의 시간은 눈 깜짝할 사이에 찾아왔다.

집으로 돌아가 짐을 정리하자, 카나데는 "즐거웠어."라고 말했다.

그의 오른손에는 여행용 가방, 왼손에는 부모님이 준비한 커다란 종이봉투가 있었다.

"배웅하지 않아도 돼."

집 앞에서 그런 말을 들었지만, 나는 카나데가 탄 택시에 가방과 함께 올라탔다.

지금은 교토역에 왔다.

"그럼, 슬슬." 그렇게 말하는 카나데에게 나는 아무 말도 할 수가 없었다.

카나데는 사람들이 바쁘게 오가는 신칸센 승강장 앞에 있는 내 손을 끌고 모퉁이 쪽 공간으로 데려갔다. 그의 그림자가 드리워져 북적이는 사람들은 더는 보이지 않는다.

카나데만을 바라보자, 난처한 듯이 쓴웃음을 지었다.

"무슨 표정이 그래."

"못생긴 건 원래부터인걸……"

"그런 의미가 아니야."

카나데는 그렇게 말하고는 양손으로 뺨을 잡아당겼다. 지금 분명히 엄청나게 못난 얼굴이 되어 있을 거라고 생각했을 때, 카나데의 눈매가 부드러워졌다. 카나데는 조금 마니악한 구석이 있는 것일지도 모른다.

"느긋하게 지낸 다음에 돌아오면 되니까."

다정한 눈매 그대로 카나데가 말했다.

"아카리가 하고 싶은 것, 전부 하고 와."

카나데의 속이 깊은 건 나보다도 두 살 위니까. 그런 간단한 말로는 다 표현할 수 없다.

처음 만났을 때부터 그랬다.

카나데는 나보다도 훨씬 어른이라고 생각한다.

—인간으로서.

그렇다고 해서 카나데가 상처를 받지 않는 건 아니다.

나는 그에게 해야만 하는 말이 있다.

"카나데…… 있지."

"응."

"……잊을 수 없는 사랑은, 있어?"

"결혼 전에 바람이야?"

"그런 게 아니야. 그런 의미가 아니지만……!"

필사적으로 호소하자, 카나데는 웃음을 푭 터뜨리며 "농담이야."라고 했다.

"지금을 매리지 블루라고 하던가? 여러 가지로 불안정한 시기라는 건 알고 있어. 아카리는 그렇게 자기 자신을 책망하지 않아도 돼. 아카리는 확실하게 나한테 반해 있어. 그러니까 흔들리지 않아도 돼."

카나데의 자신감은 나의 안정제다.

바보 같은 나의 불안한 마음마저 통째로 사랑해 준다.

"도쿄에서 기다리고 있을 테니까."

그는 내 팔뚝을 끌어당기고는, 구원하는 것처럼 끌어안았다.

내 몸 한가운데서 꾸욱, 하는 소리가 난다. 그가 좋다고 속삭이는 것처럼.

유일무이한 존재인 그를 불안하게 만들어 버린 데 대한 미안함과 카나데가 도쿄에 돌아가 버린다는 쓸쓸함에 눈물이 흘러나올 것만 같았다. 나는 필사적으로 그걸 참았다.

정신을 차리고 보니, 나는 카나데의 셔츠를 꽉 쥐고 있었다.

"아카리?"

그의 말을 막는 것처럼, 나는 카나데를 바라보고,

"좋아해."라고 말했다.

"응, 알고 있어."

"그러니까, 기다리고 있어 줘."

"그래."

그리고 우리는 키스를 했다.

처음으로 키스했던 때처럼, 몸이 들썩 들려 올라갔다.

역을 나오자 바깥은 이미 밤이었다. 어느샌가 비가 내렸던 걸까.

메말라 있던 콘크리트가 촉촉하게 젖어 있었다. 발아래

에는 작은 물웅덩이가 생겨 있었다.

신호를 기다리는 시간을 견디지 못해 별생각 없이 수면을 보자, 그곳에는 달의 모습이 비쳐 있었다.

나는 물에 비친 달의 모습이 아니라 진짜 달을 보고자 살며시 밤하늘을 올려다봤다.

하늘은 완전히 검게 칠해져 있었고, 그 검은색을 스크린으로 삼는 것처럼 별이 눈부시게 반짝이고 있었다. 그 별들 한가운데에 크게 빛나는 달이 있다.

달의 색깔은 하얀색이었다.

"블루문, 끝났구나."

뒤쪽에서 목소리가 들려왔다.

뒤돌아보자 벤치에 앉아 있는 모르는 커플이 달을 올려다보며 이야기하고 있었다.

"파랬던 건 정말로 나흘 동안만이었네."

"진짜로 파란색이길래, 난 진짜 갈 수 있을 것 같은 느낌이 들었는데, 역시 무리였어. 유우는 갈 수 있었어?"

"갈 수 있을 리가 없잖아. 그런 건 당연히 미신이지."

"그렇지 않대도. 난 믿고 있는걸. 꼭 갈 수 있어."

"그러니까, 가서 뭘 어쩔 건데. 과거 같은 곳에. 뭔가 후회하는 거라도 있어?"

“있어. 과거에 갈 수 있다면 좀 더 빨리 유우한테 고백했을 거야. 줄곧 서로 좋아했다는 걸 깨닫지 못하고 있었으니까.”

“지금 사귀고 있으니까, 상관없잖아.”

“그야 그렇긴 한데…….”

“아, 신호 녹색으로 변했다.”

“그럼 갈까.”

두 사람은 일어서서 이쪽을 향해 걸어왔다.

내 가슴은 두근두근하며 맥박치고 있다. 두 사람의 대화가 귀에서 떨어지지 않는다.

‘가서 뭘 어쩔 건데. 과거 같은 곳에.’

‘있어. 과거에 갈 수 있다면…….’

당연하다는 듯이 이야기하는 그들의 대화를 좀 더 듣고 싶었다.

블루문이 뜬 날 밤에 일어나는 기적이란 뭐지?

나는 블루문이 뜬 날 밤에 대체 뭘 보고 있었던 거야?

“저기요!”

있는 힘껏 용기를 쥐어짜내서, 나는 앞을 걸어가는 여자애한테 말을 걸었다.

“네? 저요?”

그 애는 당황스러워하면서 뒤돌아봤다.

"뭐 하냐."라고 말하는 남자친구에게 그녀는 "지금 저 사람이 날 불러 세웠는데."라며 쓴웃음을 지어 보였다.

나는 그녀에게 물어봤다. 용기를 있는 대로 전부 쥐어짜내서.

"블루문이 뜬 날 밤에 일어나는 기적이란 거……."

"아, 지금 한 이야기 들렸어요? 맞아요, 그거예요. 블루문에 전해지는 전설."

"그 이야기, 자세히 가르쳐 주실 수 없을까요……?"

손바닥이 점점 뜨거워졌다.

나는 지금부터 중요한 이야기를 듣게 될 거라는 생각이 들었다.

"사실인지 어떤지 저도 잘은 모르지만……."

그녀는 그렇게 뜸을 들이고 나서, 내게 조용히 가르쳐 주었다.

"푸른 달빛이 이끄는 곳에, 과거로 가는 입구가 있다고 해요."

제6장

정신을 차리고 보니 달리고 있었다.

숨을 헐떡이며 달리다니, 얼마나 오랜만인 걸까. 하지만 몸은 가벼웠다.

돌아가야 해. 그런 생각이 들었다. 빨리, 그 장소에.

나는 전철에 올라타 한큐(阪急) 카와라마치역에 도착하자 또다시 달리기 시작했다.

밤에도 도로 위의 차가 끊이지 않는 큰길을 곁눈질하면서, 나는 붐비는 인파를 헤치며 달렸다. 왼쪽에 낯익은 가게가 늘어선 골목길이 있는 걸 발견하고는, 망설임 없이 그 길로 들어갔다.

오래된 가게나 다방이 줄지어 늘어선 돌바닥 골목길을

빠져나가자 시야가 탁 트였다.

그 경치를 보고 나는 속도를 늦췄다.

나는 하아, 하아, 하고 가쁜 숨을 몰아쉬며 시야 한가운데 비친 커다란 버드나무로 다가갔다.

버들잎은 바람에 흔들려 솨아, 솨아 하는 소리를 내고 있었다.

시선을 떨구자 거기에는 시라카와강의 강물이 졸졸 흐르고 있었다.

내가 온 장소는 기온의 신바시 다리 위다.

이곳은 교토로 돌아온 내가 푸른 달빛에 이끌리다시피 방문한 장소였다.

푸른 달빛에 비친 교토는 향수를 불러일으켰다.

푸른 달빛 알갱이가 이 다리 위에 쌓여, 중앙에서부터 저편의 세계는 몹시 파랬다.

거기서, 나는 발견했다. 19살 코우의 모습을.

나는 그에게 다가가고 싶어서, 그의 목소리를 듣고 싶어서 푸른 세계 속으로 발을 들이밀었다. 그리고 나는…….

계속해서 울리는 심장을 손으로 억누르면서 신바시 다리 쪽으로 눈길을 향했다.

분명 오늘도 푸른 세계가 펼쳐져 있을 것이다. 그렇게

생각하고 있었는데, 오늘의 다리 색깔은 변해 있지 않았다.

하얀 달과 가로등은 어느 장소든 똑같이, 아련한 하얀색 빛을 비추고 있을 뿐이었다.

푸른 그늘은 어디에도 없다.

—역시, 나는…….

거기까지 생각했다가 고개를 가로저었다. 그럴 리가… 없다.

이 하얀 달밤의 세계에서도, 이 장소에서 기다리고 있으면 누군가가 찾아올지도 모른다.

그렇게 생각을 고쳐먹은 나는 잠시 다리 위에서 기다리기로 했다.

하지만 아무리 시간이 지나도, 보름달을 올려다보는 아름다운 코우의 모습을 볼 수는 없었다.

몹시 고요한 밤이었다.

하얀 달빛이 교토를 밝게 비추고 있다.

달, 이라고 하면 이 색깔일 터다.

커다란 빌딩도 건물도 없는 교토의 하늘은 넓게 펼쳐져 별들이 반짝여 보인다.

나는 까만 밤하늘에 둥실 떠오른 하얀 달을 올려다보며

집으로 돌아왔다.

"어서 오거라."

현관을 열자 마침 서재에서 복도로 나온 아빠와 마주쳤다.

발아래에 시선을 떨궜다. 엄마의 신발은 없다. 아직 일하는 중인 것 같았다.

"카나데는 돌아간 거냐?"

"응. 선물 기뻐했어. 감사하다고 전해 달래."

"그래."

"아빠는? 이제 안 바빠?"

"그래. 겨우 한숨 돌리게 된 참이야."

"그렇구나. 수고하셨어요."

이야기하면서 거실에 들어갔다.

아빠는 다다미방의 방석 위에 앉았다. 나는 부엌에서 전차(煎茶)를 우려 가지고 왔다.

"여기요."

"고맙다."

탁, 하는 소리를 내며 컵을 테이블 위에 올려두자, 아빠가 싱글벙글한 표정을 지었다.

전차를 한 모금 마신 뒤, 나를 보고는 불쑥 말했다.

"모처럼 아카리가 돌아왔는데, 이래저래 바빠서 미안했다."

"아냐. 난 혼자서 보내는 시간도 좋아하니까. 교토에 돌아와서 오랜만에 여러 곳을 돌아다니고, 여러 가지를 떠올렸어."

"그러냐."

"그립네—, 하고 생각하면서 걸어 다녔어."

"그래."

"아빠와의 추억도 여러 가지 떠올렸어."

내 말에 아빠가 싱글벙글했다. 나도 아빠를 보고 따라서 미소 지었다.

"중요한 부분은 너무 어려워서 떠올리지 못했지만 말이야."

그렇게 덧붙이자 아빠는 어깨를 푹 떨군 뒤 하하하, 하고 웃었다.

"아카리는 옛날부터 감수성이 강한 애였으니까, 아빠가 하는 이야기는 재미가 없었던 거겠지."

재미없다기보다, 너무 어려워서 이해가 되지 않았던 것이다.

이해할 수 없는 말은 몸에는 새겨지지 않는다. 기억에도 남지 않는다.

지금에 와서는 무척 후회하고 있다. 나는 그걸 솔직하게 전하자고 생각했다.

"재미가 없었던 게 아니라, 너무 어려워서 이해가 안됐어."

"그래?"

아빠는 처음 깨달았다는 것처럼 눈을 휘둥그레 뜨고 놀랐다.

"깨닫지 못했던 거야?"

"그래. 미안하구나. 아빠는 사람 마음의 내면을 읽어내는 게 서툴러서."

그렇게 말하고는 목 뒤를 긁적였다.

하지만 아주 약간, 그런 느낌이 들고 있었다.

아빠와는 서로 통하는 것 같으면서도, 통하지 않는 경우가 많다.

그건 대화가 적은 딸과 아빠의 관계 중 하나일지도 모르겠지만, 어느샌가 우리는 엄마를 사이에 끼고 이야기하는 경우가 많아졌다.

마음이 통하지 않는 감각, 한 걸음 거리를 두고 있는 듯한 관계는 나를 아빠에게서 멀리 떼어놨고, 그 탓에 엄마를 더 잘 따르는 아이가 된 것이지 싶다.

"하지만 지금은 제대로 들을 걸 그랬다고 생각했어. 아빠가 하는 이야기는 어려워서 잘 모르겠다고 분명하게 말하고, 끝까지 배우면 좋았을걸."

그런 후회가 있어서 나는 아버지와 있었던 일을 자주 떠올리게 되는 걸까.

"지금부터라도 늦지 않아. 뭐든 가르쳐 주마."

아빠는 그렇게 말했다.

"나 말이야, 요새 물리학에 대해서 아주 조금 배웠어."

"어떤 걸?"

되묻는 아빠의 눈에 빛이 깃든 것처럼 보였다.

나는 살짝 들뜨는 마음을 감추고 이야기를 계속했다. 아빠의 기분이 전염된 것처럼 느껴지기도 했다.

"하늘에 색깔은 없다는 거. 파랗게 보이는 건 햇빛 때문이라는 걸 배웠어."

꿈속에서 들었던 코우의 말을 떠올리고 있었다.

코우는 초보적인 물리학 중 하나라며 가르쳐 주었지만, 나는 기뻤다. 내가 모르는 세상이 보인 듯한 느낌이 들어서.

아빠는 가볍게 미소 짓고는,

“맞아. 단파장인 빛일수록 대기 중의 분자에 산란되기 쉬우니까 말이지.”

“그러니까, 그런 식으로 이야기하는 게 이해하기 힘든 거라구.”

나는 그렇게 말했다. “K대 학생들한테 말하는 것처럼 이야기하지 마.”라고 말을 잇자 “과연, 그렇구나.”라며 아빠가 고개를 끄덕였다.

“그럼, 아카리가 흥미를 느낄 수 있도록 말할게.”

“응.”

나는 필요 이상으로 기대하지 않도록 하자, 라며 마음속으로 자신에게 되뇌고는 아빠의 말을 기다렸다.

“하늘의 진짜 색깔은 보라색이야.”

“어……?”

철렁, 하고 심장이 소리를 냈다.

“아카리한테 가르쳐 준 애는 뭐라고 말했니? 하늘이 파란 건 레일리 산란 때문이라고 말했니?”

“아니. 그런 말은 하지 않았어. 일곱 가지 색깔이 있는 햇빛 속에서, 우리 눈이 보기 쉬운 색깔을 전달하고 있다고 했어.”

하늘의 색깔을 이루는 성분을 어린아이에게 가르치는

것처럼 자세하게 알려 준 코우의 눈동자를 떠올렸다.

"무척 간결하게 가르쳐 줬구나. 그래. 하늘의 색깔은 햇빛의 일곱 가지 색깔로 이루어져 있어. 가장 파장이 짧은 색이 대기 중의 분자에 산란되어서 우리 눈에 하늘의 색깔로 전해지지."

"가장 파장이 짧은 색……. 그게 파란색……이라는 거야?"

살며시 물었다. 어째서인지 심장 소리가 빨라져 있었다.

"아니, 보라색이야. 파란색은 두 번째로 짧아."

아빠는 분명하게 대답했다.

"그럼 어째서 하늘의 색깔은 보라색이 아닌 거야?"

나는 그렇게 물었다. 어린아이 시절로 돌아가 있었다.

"빛이 산란된 하늘이 가장 밝아지는 지점은 보라색의 파장 영역에 있어. 즉 하늘은 사실 보라색이지만, 우리 눈의 감도는 황록색 파장 영역을 최고점으로 하여 분포하니까, 비교적 보기 쉬운 파란색이 하늘의 색깔로 인식되고 있는 거지."

호흡이 빨라진다. 세계가 펴져 보인다.

"즉, 하늘의 파란색은 레일리 산란이라는 물질학적 기

구와 시야의 감도 분포라는 생리학적 기구가 만들어 내는 색이야."

거기까지 말하고, 아빠는 숨을 헉 삼켰다.

"이해하기 힘들었나……?"

쓴웃음을 지으며 내 얼굴을 들여다본다.

"아니."

나는 고개를 가로저었다.

왠지 모르게 이해가 됐다.

하늘의 진짜 색깔은 보라색인데—우리의 눈이 파란색으로 보고 있다는 말이다.

"우리 눈은 빛의 3원색으로 색을 보고 있어. 그래서 보라색보다도 파란색을 받아들이기 쉬워. 하지만 세상에는 4원색을 가진 사람도 있어서, 그 사람은 자외선의 색깔을 인식하고, 보라색 하늘을 보고 있다는 모양이야."

"대단하네……."

나는 그렇게 말했다. 그 이상 할 말을 찾지 못했던 것이다.

"그래. 세상에는 보이지 않지만, 분명히 존재하는 것이 있어."

"……."

"우리가 보는 세상만이 유일한 현실은 아니란다."

그러고 나서도 우리는 잔뜩 이야기를 나눴다. 도쿄에서의 생활, 아빠네 대학의 학생 이야기 등. 단둘이서 이 정도로 오랜 시간 이야기를 나눈 건 처음일지도 모른다.

잔뜩 이야기를 나눈 뒤, 나는 내 방으로 돌아왔다.

문을 열자 살짝 열린 창문으로 바람이 전해졌다. 그 바람은 향구슬 향기를 머금고 있었다. 좋아하는 향기에 이끌려 나는 천천히 창가로 다가갔다.

밤하늘을 올려다보자 선명하게 빛나는 하얀 달이 떠올라 있었다.

바람이 휘잉 불어 시야 끝에 있는 버드나무를 흔들었다.

별생각 없이 아래를 내려다보자 돌바닥이 하얗게 빛나고 있었다.

눈에 비친 경치는 조금 전 신바시 다리에서 봤던 경치와 닮아 있어서.

나는…… 큰길 교차로에서 모르는 여자애가 알려주었던 말과 조금 전에 들은 아빠의 말을 떠올리고 있었다.

―'푸른 달빛이 이끌어 주는 곳에, 과거로 가는 입구가 있어요.'

줄곧 도시 전설이라고 생각했다. 푸른 달이 뜬 날 밤에 일어나는 기적 이야기 같은 건.

하지만 블루문이 빛나는 나흘 동안에, 나는 분명히 기적을 봤다.

그 기적은 잃어버린 기억을 다시 한번 보게 되는 기적이었다.

나는…… 푸른 달이 뜬 날 밤에 꿈을 통해서 잃어버린 기억을 봤다고 생각했다.

하지만 꿈속에서 본 기억은 사라지지 않았다.

지금도 코우와 보낸 일상을 손에 잡힐 듯이 떠올릴 수 있고, 그의 숨결이나 체온까지 떠올릴 수 있다.

나는 코우와 보낸 나흘간을 똑똑히 기억하고 있다.

—'세상에는 보이지 않지만, 분명히 존재하는 것이 있어.'

나는 푸른 달빛에 이끌리는 것처럼, 신바시 다리로 갔다.

나는 꿈을 꾸고 있었던 게 아니라, 푸른 달의 힘을 빌려 평소에는 보이지 않는 과거로 가는 입구를 발견했던 것일까……?

—'우리가 보는 세상만이 유일한 현실은 아니란다.'

그리고 푸른 달빛이 이끌어 주는 신바시 다리 위에서, 과거의 세계로 들어가 17살 때의 자신으로 돌아갔던 걸까……?

혼란스러웠다. 그런 일은 있을 수 없어……. 그렇게 생각하는 나도 있다.

하지만 나는 믿고 싶었다.

'코우'가 꿈속에서만 존재하는 사람이라고는 생각하고 싶지 않았다.

코우는 분명히, 그 여름에 있었다. 나는 그렇게 생각하고 싶었다.

나는 아빠와 그녀가 한 말을 믿고 싶다.

그렇다면 코우의 단편을 찾아야만 한다. 17살의 그 여름, 코우가 교토에 있었다는 증거를.

나는 텅, 하는 큰 소리를 내며 옷장을 열어젖혔다. 고등학교 시절에 입었던 교복이나 사복은 남아 있지만, 내 물건뿐이고 코우의 물건은 어디에도 없었다.

온 방의 서랍을 열어 봤다. 어딘가에 뭔가, 그가 남긴 것이 없을까 싶어 찾아봤지만, 그의 단편은 아무 데도 없었다.

그래……. 코우는 이 방에 오지 않았어…….

'아카리 방에는 들어가지 않을 테니까.'

그날, 코우는 타쿠토에게 그렇게 약속하고, 마지막까지 약속을 지켰다.

그럼, 코우가 갔던 장소는…….

먼 기억을 떠올리는 것처럼, 눈을 감고 생각했다.

불현듯 머릿속에 번뜩이듯이 떠오른 것은 두꺼운 물리학 책을 들고 있는 코우와 패션 잡지를 들고 있는 '나'. 둘만의 작은 도서관에서 책을 읽고 있는 풍경이었다.

그래…….

"아빠 방……."

수많은 책이 빽빽하게 들어찬 공간을 도서관 같다고도 생각하고, 코끝을 간질이는 책 냄새를 숲속에 있는 것 같다고 느낀 그 날, '우리'는 아빠 방에서 같이 책을 읽었다.

나는 빠른 걸음으로 아빠 방으로 간 뒤, 방 한구석에 놓여 있던 사다리를 움직여 방에 온 목적인 책장 밑에 놓았다. 사다리를 타고 올라가 팔을 뻗었다.

"있다……."

그 여름, 코우가 읽고 있었던 책을 발견했다.

집게손가락을 책에 걸쳐 살며시 끄집어냈다. 그 책은 꿈속에서 봤던 색깔보다 조금 색이 바래져 있었다. 나는 먼지가 가득한 책을 살며시 팡팡 두드리고 나서 사다리에서 내려왔다.

이런 무거운 책을 읽고 있었구나—. 그렇게 생각하면서 나는 그가 들고 있던 책을 살며시 넘겼다.

페이지를 팔락팔락 넘긴다.

기억하고 있다.

무슨 말인지 모르겠어… 라고 생각하면서도 거기에 나열된 단어를, 책에 있는 공백의 양을 나는 기억하고 있었다.

이 책은 확실히 코우가 들고 있었던 책이다.

이 책을 보며 드는 그리움에, 내 마음이 있는 장소를 알 수 있을 것만 같았다.

가슴 한가운데에 뜨거움과 아픔을 느끼며, 나는 천천히 페이지를 넘겨 나갔다.

몇 페이지를 넘겼을 때, 부자연스러운 위화감을 느끼고 내 손은 거기서 멈췄다.

“아…….”

거기에는—색이 바랜 나무젓가락 봉투가 끼워져 있었다.

나는 나무젓가락 봉투를 살며시 꺼냈다.

그리고 그가 남긴 단편을 가슴에 품고 생각했다.

역시, 코우는 이 세상에 있었구나.

우리는 과거에 만났었다.

내가 잊고 있었던 것뿐이구나—.

그렇게 확신하자 마음이 넘쳐흘렀다.

아프고, 괴롭다며 우는 이 가슴 속 두근거림을 받아들여 주는 건 코우뿐이라고 생각했다.

나는 다시 한번 코우를 만나고 싶다고 강하게 바랐다.

다시 한번, 그와 함께 여름을 보내고 싶다.

그리고……, 어째서 내 기억 속에서 사라졌는지 알고 싶다.

그가 남긴 나무젓가락 봉투를 가지고 방으로 돌아온 나는 책상 위에 올려뒀던 연두색 일기장을 어루만졌다.

일기장 안에 있는 공백 부분을 손가락으로 훑은 뒤, 몇 번이나 읽었던 17살의 7월 1일부터 5일까지의 일기를 거듭 읽었다. 내 머리는 몇 번이고 읽은 짧은 문장을 기억하고 있다. 그 문장에 색이 든다. 경치가 보인다. 이쪽을 보며 미소 짓는 코우가 있다.

내가 알고 싶은 건, 그 후의 기록이었다.

나는 크게 숨을 내쉬고 페이지를 넘겼다. 7월 4일, 코우가 돌아간 후의 여름을 확인하기로 했다.

거기에는 친구인 나노카와 타쿠토, 때때로 반 친구들과 모여 놀았던 나날이 기록되어 있을 뿐이었다.

7월 5일 이후, 어느 일기 속에도 코우는 없었다.

역시, 17살 '나'는 코우를 만나지 못했던 걸까……?

코우는 더 이상 만나러 와 주지 않았구나…….

체념과도 닮은 감정을 품은 채 어깨를 풀썩 떨군 그때, 덮여 가는 노트 오른쪽 끝부분에서 위화감이 있는 글자 두 개 분량의 공백을 발견한 느낌이 들었다.

거짓말—.

나는 덮던 도중인 노트를 황급히 다시 펼쳤다. 짧은 문장이 눈에 확 들어왔다.

7월 31일

가 돌아왔다.

약속을 지켜 줬다!

이 공백은—분명.

내 마음은 떨리기 시작했다. 목이 바짝바짝 타들어 가는 것처럼 뜨거워진다.

정신을 차리고 보니 나는 낯익은 공백에 코우라는 글자를 넣어 읽고 있었다.

자연스럽게 눈물이 한 방울 흘러 떨어졌다.

우리는 그 여름에 재회했다.

코우는 다시 한번 날 만나러 와 준 것이다…….

코우를 생각하며 눈물을 흘리던 나는 연두색 노트를 품에 끌어안은 채, 창가로 다가왔다.

시간이 멈춘 것처럼 비치는 교토에는 지금도 그와 함께 보낸 여름과 같은 풍경이 남아 있었다.

그 풍경과 함께 그와 보낸 7월의 초엽을 떠올릴 수는 있지만, 그 이상의 것은 떠올릴 수가 없다.

우리는 7월의 끝자락에 재회하였는데, 25살 나에게는 그 기억이 없다. 코우의 기억만이 없다.

'다음 푸른 달이 뜨는 밤에는 또 이곳에 올게.'

그렇게 말한 그의 말을 떠올리면서, 나는 하얀 달을 올려다보고 생각했다.

이제 파란 달로는 변하지 않는 거야? 다시 한번, 기적이 일어날 일은 없는 거야?

나는 더 이상—과거에는 갈 수 없는 거야?

"아카리."

문득 누군가가 이름을 부른 듯한 느낌이 들어 목소리가 난 쪽으로 시선을 내렸다. 가로등이 켜진 돌바닥 길 위에 사카이 씨가 있었다. 창가에 서 있는 나를 올려다보고, 눈이 마주치자 손을 흔들어 주었다.

"아, 사카이 씨."

나는 무심코 미소를 지었다. 사카이 씨는 내게 있어 제2의 엄마니까.

"지금 돌아가세요?"

이야기를 계속하자, 사카이 씨는 부드럽게 미소를 지어 주고는,

"그래. 아카리는 이제 쉬는구나. 오늘 하루도 수고했어. 잘 자렴." 그렇게 말하면서 가볍게 고개를 숙인다. 나는 그런 사카이 씨를 "잠시 만요!"라고 외치며 불러 세웠다.

"무슨 일이니?"

"여쭙고 싶은 게 있는데요…… 지금, 괜찮을까요?"

"응."

사카이 씨는 조용히 고개를 끄덕였다.

"블루문이란 거 말이에요……."

"응."

"더는 볼 수 없는 걸까요……?"

말소리 끝이 작아져 있었다.

"볼 수 있단다."

시선을 돌리는 내게 사카이 씨는 분명하게 말했다.

"네?"

"한 달에 보름달이 두 번 나타나는 걸 블루문이라고 부른다는 이야기, 이전에 하지 않았었니?"

그러고 보니…… 교토로 돌아온 지 얼마 안 됐을 때 들었다.

블루문에 일어나는 기적 이야기를 믿지 않았던 나는 완전히 깜박하고 있었던 것이다.

"네. 들었어요……."

"보름달은 29.5일의 주기로 돌고 있어. 2월을 제외하고 30일과 31일로 구성된 달이 차고 이지러지는 주기가 조금씩 어긋나서, 한 달에 보름달이 두 번 나타나는 현상을 블루문이라고 부른다는 모양이야."

"그렇군요……."

"그러니까, 7월의 마지막에 한 번 더 오게 될 보름달도 분명 파랄 거란다."

다시 한번 블루문이 온다.

"푸른 달빛이 힘을 지니는 건 한사리 때 보름달이 뜨는 나흘 동안."

"네……?"

"기적이 일어나는 건 푸른 달이 떠 있는 밤에만."

"그렇군요……."

"아카리가 무척 신경 쓰고 있어서, 손님한테 자세히 물어보고 왔단다. 만약 아카리가 물어보면 대답해줘야겠다 싶어서."

"감사합니다……."

"다음 블루문 날에야말로 기적이 일어나면 좋겠네."

"네."

사카이 씨의 상냥함에 내 가슴은 감격으로 가득 찼다.

"그럼, 아카리. 잘 자렴."

"안녕히 주무세요……."

가로등이 어슴푸레하게 비추는 밤의 언덕길을 걸어가는 사카이 씨의 뒷모습을 바라보며, 나는 생각했다.

블루문이 다시 한번 나타나면 그날 신바시 다리로 가자고.

한 번 더 블루문의 힘을 빌려서, 나는 다시 과거로…….

과거에 있는 코우를, 만나러 간다.

하루하루가 무척이나 길었다.

마치 시계의 초침을 1초씩 세고 있는 듯한 기분이었다.

어쨌든, 움직여서 기분을 전환하고자 나노카, 타쿠토와 놀았다. 료칸 일을 도왔다.

방 정리도 했다. 그래도 24시간은 무척 길게 느껴졌다.

밤이 되면 창가에서 달을 바라보는 게 일과가 되었다.

삐쩍 마른 달이 조금씩 커져 간다.

그건 초승달이 되고, 반달이 되어, 이윽고 보름달 모양이 되었다.

시간이 흘러 7월 31일.

나는 아무도 없는 조용한 거실의 테이블 위에, '다녀오겠습니다'라고만 적은 편지를 놓아두고 집을 나섰다.

머리 위의 밤하늘은 짙은 감색이었다. 그 가운데 빠끔 떠 있는 커다란 보름달이 있다.

보름달의 색깔은 어슴푸레한 파란색이었다.

드디어, 두 번째 블루문의 날이 왔다.

다시 보게 된 블루문은 첫 번째 블루문보다 선명하게 보였다.

보름달에서 한 줄기 빛이 뻗어 있었다. 나는 그 빛을 더듬어 가는 것처럼, 푸른 빛 위를 걸어갔다.

마을의 상징이기도 한 커다란 신사 앞의 언덕을 내려가, 큰길로 접어들자 밤의 정적을 깨고 시끌벅적한 소리가 들려왔다. 인파를 헤치며 여느 때의 골목길로 들어가자, 또 다시 정적이 찾아왔다.

언제나 그렇듯이 골목길을 빠져나가자 시야가 탁 트였다.

그 세상의 아름다움에 나도 모르게 말을 잃고 말았다.

버드나무에는 푸른빛이 쏟아지며, 반짝반짝 여울 치는 시라카와강을 물들이는 색도 푸른색이었다.

이 세계는 푸른 달의 힘으로 푸르게 새로 칠해져 있다.

그리고 신바시 다리 건너편은, 첫 번째 블루문이 떴던 날과 마찬가지로 무척이나 파랬다.

분명 저곳이…… 과거로 이어지는 입구다.

두 번 다시 찾아올 리 없는 아득한 여름이, 코우와 함께 보냈던 17살의 여름이 저곳에 있다.

나는, 간다.

다시 한번, 코우를 만나러 간다.

자기 자신에게 그렇게 되뇌는 것처럼 고개를 끄덕이고는, 나는 깊고 푸른 세계로 발을 들이밀었다.

제7장

내가 애타게 기다리고 있는 사람인 타츠미 코우와 만난 건 이곳, 신바시 다리 위였다.

언제나 주위를 제대로 살피지 않고, 여자다움이라고는 손톱만큼도 없는 나는 스케이트보드를 능숙하게 타지 못하고 코우 앞에서 넘어지고 말았다.

보다 못한 코우가 넓은 등을 내밀어 준 것이 시작이었다.

"아야야."

그가 다시 돌아오겠다고 약속해 준 두 번째 블루문이 뜨는 날 밤.

나는 그와 처음 만났던 날 밤처럼 스케이트보드를 타고 이곳으로 찾아왔다.

인파 속에서는 손에 들고, 인파가 없어지면 속도를 줄이면서.

주의를 세심하게 기울였는데도, 나는 또다시 신바시 다리 위에서 넘어지고 말았다.

나는 콘크리트에 부딪힌 무릎을 매만지면서 생각했다.

그때와 똑같은 시간에, 똑같은 방식으로 이 장소에 오면 다시 코우를 만날 수 있을 거라고 생각했는데—.

생각이 거기까지 미치자 눈시울이 뜨거워졌다. 나는 그걸 감추듯이 눈앞에 있는 무릎에 얼굴을 파묻었다.

오늘도 코우는 없었다.

"괜찮아?"

그때, 낮은 목소리가 위에서 들렸다. 나는 살며시 고개를 들었다.

"또 여기에 있냐……."

타쿠토가 질렸다는 듯이 미소 짓고 있었다.

"상관없잖아. 내버려 둬."

나는 고개를 홱 돌리며 말했다. 울고 있는 모습을 보여주고 싶지 않았다.

"이제 포기하는 게 어때."

타쿠토가 그렇게 말하며 내민 손을 잡지 않고, 나는 혼자서 일어섰다.

"아직 포기 안 해. 왜냐면 약속했으니까. 코우는 다시 한번 교토에 오겠다고 했는걸. 코우는 교토 사람이 아니니까 이 근처까지는 올 수 있지만, 그 뒤의 길을 모르는 것뿐일지도 모르잖아!"

강한 어조로 그렇게 말했는데, 눈가에서 뜨거운 눈물 한 방울이 뚝 하고 흘러 떨어졌다.

울 생각은 없었는데…….

채 목소리가 되어 나오지 못하는 말이 목에서 턱 막힌다.

나는 그것들을 감추듯이 오른팔로 눈물을 닦아냈다.

그런 나를 보고 타쿠토는 난처한 듯이 쓴웃음을 지었다.

"알았어. 그러니 오늘은 그만 돌아가자. 내일 또 오면 되잖아. 나도 같이 와 줄게."

"됐다니까. 혼자서 올 거야. 타쿠토도 나노카도 과보호라고."

"과보호라니…… 너 말이다……."

깨닫고 보니 타쿠토에게 심한 말을 내뱉고 있었다.

이런 나는 내가 아닌 것 같다.

오늘이야말로 코우랑 만날 수 있을 거라고 믿었던 나는 타쿠토의 상냥함을 솔직하게 받아들이지 못했다.

코우가 사라지고 이제 곧 한 달이 지난다. 나는 그 이후로 때때로 신바시 다리에 오고는 했다.

다시 한번 교토에 오겠다고 말해 준 코우를 찾기 위해서.

오늘 밤의 보름달은 파랗게 빛나고 있었다.

'다음 푸른 달이 뜨는 밤에는 또 이곳에 올게.'

7월의 첫머리에 코우는 그렇게 말해 주었다.

푸른 달이 다시 한번 교토를 비추면, 코우와 또 만날 수 있다고 믿었다.

내 기대는 생각했던 것 이상으로 컸음을 내 뺨을 적신 눈물로 깨달았다.

"바래다줄게."

불쑥 그렇게 말하며 내 앞을 걷기 시작한 타쿠토에게 이끌리다시피 나도 걷기 시작했다. 내가 울고 있는 모습을 봤기 때문일까. 집으로 가는 도중 타쿠토는 아무 말도 하지 않았다.

우리 집 앞에 도착하자 타쿠토는 현관 앞에서 "또 보

자."라고 말한 뒤 발길을 되돌렸다.

"미안……."

나는 타쿠토의 등에 대고 말했다.

"어?"

뒤돌아본 타쿠토의 얼굴은, 볼 수 없었다.

"걱정해 줬는데, 그런 식으로 말해서, 미안해……."

그런 건 단순한 화풀이다.

"신경 안 써도 돼. 다음부터는 갈 때 혼자서 가지 마."

"아니."

하지만 나는 고개를 가로저었다.

오늘은 어쩌다 타쿠토였지만, 어제는 나노카가 찾으러 와 주었다.

타쿠토도 나노카도 아르바이트나 학원으로 바쁜데, 기운이 없는 나를 언제나 신경 써 준다. 이런 미안한 행동을 언제까지고 계속해도 괜찮을 리가 없다.

"혼자서 갈 테니까 괜찮아."

완고한 나에게 타쿠토는 "하아."하고 한숨을 쉬었다. 그 후에 "아."하는 목소리를 냈다.

그리고는 눈을 크게 뜨고, 내 뒤쪽으로 펼쳐진 경치를 계속 보고 있다.

"너……."

내가 아닌 누군가에게 말을 거는 타쿠토의 시선 끝을 좇는 것처럼 뒤돌아보자, 그곳에는 밤하늘에 높게 떠오른 커다란 푸른 달을 등지고 선 남자가 있었다.

그 사람은 무척이나 아름다운 사람이었다.

낯익은 색소가 옅은 머리카락에 길쭉하고 시원한 눈. 오뚝한 콧날에 얇은 입술, 회색 눈동자…….

"아카리……."

그 사람은 가슴 안쪽에 똑바로 닿는 낮은 목소리로 내 이름을 불렀다.

그 목소리를 들은 순간, 참고 있던 눈물이 한꺼번에 넘쳐흘렀다.

뚝뚝 떨어지는 커다란 눈물방울 때문에 그의 모습이 흐려져 보인다.

몇 번이고 눈을 깜박이자 겨우 시야가 선명해졌고, 그의 얼굴이 똑바로 보여서. 아아, 하고 목소리가 새어 나올 것만 같았다.

"코우……."

"왜 그래? 먼지라도 들어갔어?"

코우가 그렇게 말하며 가까이 다가왔다.

시야 한가득 보이는 그의 모습이 파란 달빛을 받아 아련하고 푸르게 비친다.

그만큼 간절히 바라고 있었는데, 지금 눈앞에 코우가 있다는 사실이 믿어지지 않는다.

나도 코우에게 가까이 다가갔다. 두 사람의 거리가 단숨에 줄어들었다.

"코우?"

"그래."

"진짜야?"

"당연하지."

코우는 웃으면서 대답했다.

정말로, 코우였다. 코우가 돌아와 주었다.

"잘됐네. 아카리."

복받치는 뜨거운 덩어리를 참고 있었더니, 뒤에서 목소리가 들려왔다.

뒤돌아보자 타쿠토는 완만한 언덕길을 내려가고 있어서,

"타쿠토, 고마워!" 나는 타쿠토의 등에 대고 큰소리로 외쳤다.

"시끄러워! 이웃한테 민폐라고!"

타쿠토는 그 말만 하고는 손을 설렁설렁 흔들며 떠나갔다.

나는 작아져 가는 타쿠토를 바라보며 다시금 "고마워."라고 중얼거렸다.

밤의 어둠 속으로 사라져 가는 타쿠토의 모습을 지켜본 뒤, 나는 천천히 코우 쪽을 돌아봤다.

완만한 언덕 위에 서 있기 때문인지, 이전보다도 코우와 키 차이가 느껴졌다.

잠시 후, 코우가 말했다.

"혹시…… 계속 기다렸어?"

"아, 아니."

사실은 예스인데, 어째서인지 노라고 대답했다.

"안 기다렸어. 기다릴 리가 없잖아."

스스로도 생각한다. 귀염성이 없다고.

"미안했어."

코우가 그렇게 말하고는 내 뺨에 달라붙어 있던 눈물을 봤다.

나는 황급히 눈물을 닦았다. 이미 뻔히 다 들통 났지만.

"그, 그냥, 내가 멋대로 기다렸던 것뿐이니까, 사과하지 않아도 돼."

"아니, 늦어진 내 잘못이야. 미안해. 면목이 없어."

"뭐야, 그게."

사과의 말을 전부 말하는 코우를 보고 나는 무심코 웃고 말았다.

"정말로 반성하고 있는 것처럼은 안 들려."

"반성하고 있어. 사실은 좀 더 빨리 올 예정이었는데, 시간이 걸려서."

"시간이 걸려?"

"아니, 이쪽 이야기야."

코우는 그렇게 말하고는 료칸을 바라보며 "그립네."라고 말했다.

"한 달 만이니까 말이지."

"그래."

"엄마, 분명 기뻐할 거야."

"그렇다면 다행이야."

코우가 마주 미소 지어 줬을 때, 료칸 자동문이 열리는 소리가 났다.

뒤이어 짚신이 돌바닥 길 위를 스치는 소리가 났다. 점점 빠르고 커지는 발소리에 귀를 기울이고 있자, 사각에서 엄마가 나타났다.

"아카리! 마침 좋을 때 있었구나! 어머, 타쿠토도 함께니?"

엄마한테는 코우의 얼굴이 잘 보이지 않았던 모양이다.

"코우야."라고 말하자 "진짜네! 코우구나!" 텔레비전 속의 아이돌을 발견한 것만 같이 눈을 반짝인다.

"잘됐어. 와 줬구나. 기다리고 있었어. 잘됐네. 잘됐어."

거기까지 말하고는 코우의 손을 잡고.

"나뿐만이 아니라 아카리도 계속 코우를 기다리고 있었단다."

"……."

"잘됐구나, 아카리."

엄마는 그 말만 하고는, "그럼 일하러 돌아갈게. 너희는 놀러 갔다 오렴."이라고 한 뒤 료칸으로 돌아갔다.

"아카리?"

내 얼굴을 살피다시피 들여다보는 코우와 아주 가까이에서 눈이 마주쳐, 뺨이 열을 띤 것을 알 수 있었다.

"아, 아무것도 아니야!"

그걸 얼버무리는 것처럼, 나는 교토의 마을을 내려다보며 말했다.

"코우, 놀러 가자!"

그러고 나서 나는 코우를 데리고 히가시오우지도오리 길에 있는 기온 회관, 요시모토 기온 카게츠 앞에 있는 버스 정류장으로 왔다.

마침 다가온 시내버스에 올라타 10분 정도 흔들리는 버스에 몸을 맡긴 뒤, 카와라마치 이마데가와 버스 정류장에서 하차했다.

"어디에 가는 거야?"라고 묻는 코우에게 나는 "축제."라고 대답했다.

사실은 기온 축제에 가려고 했었다. 기온 축제는 교토를 대표하는 여름 축제다.

교토를 자세히 알고 싶다는 코우에게 기온 축제를 보여줄 수 있다면…… 그렇게 생각했었는데, 기온 축제의 메인이벤트인 전야제가 시작될 무렵에 코우가 도쿄로 돌아가 버려서 함께 갈 수가 없었던 것이다.

그렇다면 지금 개최되고 있는 미타라시 축제에 가자는 생각이 들었다.

이쪽 축제도 무척 교토다워서 좋아하는 축제 중 하나니까.

"이 근처에서 축제가?"

코우가 버스에서 내려 큰길 교차로를 둘러보며 말했다.

"응. 조금 앞의 커다란 신사에서 하고 있어. 여기서 조금 걸어가야 하지만."

"알았어."

그가 미소 짓는다. 우리는 걷기 시작했다.

우리는 강변의 길을 따라 시모가모 신사를 향해 걸었다.

"코우, 이것 봐."

나는 그렇게 말하며 왼쪽에 흐르는 커다란 강을 가리켰다.

미타라시 축제가 개최되는 시모가모 신사보다 조금 이전의 버스 정류장에서 내린 건 이 강을 코우에게 보여주고 싶었기 때문이었다.

이 장소는 두 줄기의 강이 딱 합류하는 곳이다.

왼쪽에서 흘러오는 강이 카모가와강, 오른쪽에서 흘러오는 강이 타카노가와강.

하늘에서 보면 Y자처럼 보이는 두 강이 합쳐져 커다란 하나의 강이 되면, 교토를 대표하는 카모가와강이 된다.

자연환경이 좋은 이 장소는 카모가와 삼각주라고 불리며 학생들이 자주 모인다.

그곳에는 카모가와 삼각주의 징검다리를 뛰어 건너는 사람, 강변에 앉아 대화를 즐기는 사람이 있다. 동아리 모임으로 추측되는 사람이 잔뜩 모여 있는 곳도 있었다.

"무척 좋은 곳이네. 즐거워 보여."

코우가 제방에 있는 사람들을 바라보며 그렇게 말했다. 밤하늘에 높게 올라가는 가느다란 빛줄기가 보였다.

학생들이 불꽃을 쏘아 올린 것임을 깨달은 순간, 그것은 머리 위에서 팡 하고 터졌다.

푸른 달빛을 받은 불꽃의 알갱이가 반짝반짝 빛나며 카모가와강을 향해 떨어져 간다.

"예쁘네."

코우는 작은 불꽃을 보면서 말했다.

"불꽃놀이, 옛날에 자주 했었지."

"……."

"아, 이쪽. 여기로 꺾어 들어가."

코우의 대답도 듣지 않고 나는 앞서서 나아갔다.

왼쪽으로 꺾자 시모가모 신사를 감싼 커다란 숲이 보이기 시작했다.

이 숲의 이름은 타다스노모리 숲이다.

세계문화유산이기도 한 타다스노모리 숲은 신과 인간의 연회가 열리는 정원이라 불리고 있다.

신과 인간이 만나 이야기를 주고받을 수 있는 장소.

그곳에는 마을 안에 있는 신사로 이어지는 숲이라고는 생각되지 않는 조용한 공간이 감돌고 있었다.

미타라시 축제로 향하는 것 같은 사람들을 발견했다.

다들 무언가 이야기하고 있지만, 분명하게 들리지는 않는다. 커다란 숲이 이야기 소리를 흡수하고 있는 것만 같았다.

코우는 아무 말도 하지 않고 숲을 올려다봤다.

이 고요한 분위기를 즐기고 있는 것처럼 보였다.

긴 참배길을 걸어가자 그 끝에서 줄지어 있는 노점상의 등불이 보였다.

노점상 앞은 많은 사람들로 넘쳐나 있다. 너무나도 조용했기에 숲 안쪽에 사람이 이만큼이나 있을 거라고는 생각지도 않았다.

드디어 축제에 왔구나. 내 발걸음은 가벼워졌다.

왼쪽에 야키소바, 타코야키, 빙수, 튀김, 베이비 카스텔라 등 다양한 음식을 파는 노점상이 늘어서 있다.

오른쪽으로 시선을 옮기자 금붕어 건지기, 슈퍼볼 건지기, 감자튀김, 오징어구이, 보물 건지기 같은 간판을 내건 노점상까지 있다.

고양되어 두근거리는 기분으로 걷고 있는데, 옆에 있던

코우가 멈춰 섰다.

"코우?" 그를 올려다봤다.

코우는 왼쪽에 있는 노점상 중 하나를 보고 있었다.

그쪽으로 시선을 향했다. 그곳에는 '사격 게임'이라고 적힌 노점상이 있었다.

코우의 눈이 반짝였다. 어린애처럼.

"하고 싶어?"라고 묻자 "응."이라고 대답했다.

평소에는 "그래."인데 "응."이라니. 평소에는 볼 수 없는 어린애 같은 코우의 목소리에 빙긋이 미소 짓고 말았다.

노점상 아줌마에게 돈을 내고 총과 코르크 총알을 받았다.

코우는 놀이방법을 들은 뒤 3단으로 늘어선 경품 중 한가운데에 있는 분홍색 상자를 조준했다.

팡, 팡 하고 커다란 소리를 내며 경품을 정확하게 노렸다. 하지만 표적이 너무 컸던 모양이다.

코르크 총알은 경품에 맞긴 했지만 좀처럼 넘어가지 않았다.

"젠장!"

한쪽 눈을 감고 조준을 맞추는 코우의 옆모습을 보고 있는 것만으로도 가슴이 두근두근하는 소리를 낸다. 나는 가슴에 손을 대고 그를 봤다.

“이걸로 마지막이여. 총각!”

“알아요. 꼭 따겠어!”

그런 나를 눈치채지 못하고, 코우는 마지막 총알을 쐈다.

빨간 지지대 가장 위에 올라가 있는 커다란 상자 중앙에 총알이 맞았다.

경품은 크게 휘청거리고는, 넘어갈 듯…… 했지만 결국 넘어가지 않았다.

“젠장!”

진심으로 분해하고 있다.

이런 코우는 본 적이 없을지도.

내가 옆에서 쿡쿡 웃자, “간다.”라고 말하고는 걷기 시작했다.

화내는 건가? 분한 건가? 뒤에서 보이는 코우의 표정은 어느 것도 본 적이 없는 것이어서, 나는 또다시 입에 손을 대고 몰래 웃고 말았다.

“뭐야?”

코우가 기분 나쁜 듯이 말했다.

“평소에는 어른스러운데, 지금의 코우는…….”

“그 이상 말하지 마.”

역시 정색하고 있다.

연상인 남자 상대로 이런 생각을 하는 건 이상할지도 모르지만, 약간 귀엽다고 생각했다.

"뭔가 먹고 싶은 거 있어?"

앞을 걷는 코우에게 그렇게 묻자, "추천하는 건?"이라고 내게 되물었다.

"내 추천은 베이비 카스텔라나, 모츠니코미*."

눈앞에 있는 모츠니코미와 그 옆에 늘어선 베이비 카스텔라를 추천하자, "극과 극이잖아."라며 웃었다.

코우는 둘 다 사서 나한테는 베이비 카스텔라를 들게 하고, 자기는 하얀 컵에 든 모츠니코미를 들었다.

"갓 만들어진 따끈따끈한 카스텔라. 이 카스텔라 엄청 맛있어!"

나도 모르게 나와 버린 관서 억양에도 코우는 당황스러워하지도 않고,

"이쪽도 일품이야. 먹을래?"

"응!"

서로 나눠 먹으면서 시모가모 신사의 누문을 향해 걸어갔다.

---

* 닭이나 소, 돼지 등의 내장을 이용한 조림 음식.

숲을 빠져나오자 다양한 색깔을 한 노점상도 없어졌다.

커다란 토리이 밑을 지나 붉은색 누문 앞에 왔다.

낮에 봐도 크고 훌륭하지만, 오늘의 누문은 수많은 등롱이 장식되어 멋들어지게 라이트 업 되고 있었다.

하늘에서 쏟아지는 빛의 색깔은 어슴푸레하니 파랬고, 푸른 달빛을 받은 등롱은 흰색과 파란색이 뒤섞여 무척이나 환상적으로 보였다.

누문을 빠져나오자 눈앞에 행렬이 나타났다.

"이건……."

코우가 눈을 휘둥그레 뜨며 놀라고 있다.

"이제부터 미타라시 연못에 들어가니까, 그 순서를 기다리는 거야."

"연못에 들어간다고? 왜?"

미간을 찡그리며 코우가 물었다.

그렇게 심란한 표정 짓지 않아도 돼, 라고 나는 웃음을 참으며 말했다.

"미타라시 축제는 7월의 복날에 카모가와 신사에 있는 미타라시 연못에 발을 담가 부정이나 재액을 떨어내고 무병장수를 기원하는 행사야."

"무병장수를 기원한다……."

"응. 발을 담그는 신사라고도 해."

"그렇구나."

그런 이야기를 하는 사이에 줄은 점점 앞으로 나아가, 눈 깜짝할 사이에 우리 차례가 되었다.

우리는 공물료와 맞바꾸어 양초를 받았다. 다음으로 신발, 양말을 벗어 비닐봉지에 넣었다.

나는 크롭 팬츠의 밑단을 접으면서 코우에게 말했다.

"코우도 청바지 밑단 올리는 편이 좋아. 젖으니까."

"그, 그래."

대답은 했지만, 코우는 망설이는 듯한 표정으로 밑단을 올렸다.

행렬이 천천히 나아가 발끝이 물에 잠긴다.

"앗, 차가워."

"힉."

밤이기 때문일까. 그게 아니면 미타라시 연못이기 때문일까.

생각했던 것 이상으로 차가운 연못의 수온에 우리 둘 다 무심코 소리를 내고 말았다. 여기저기에서도 똑같은 비명이 들려온다.

코우를 봤더니 그도 이쪽을 보고 있어서, "괜찮아?"라며 서로의 목소리가 겹쳤다.

"괜찮아."

"문제없어."

또 두 사람의 목소리가 겹쳐, 이마를 맞대는 듯한 모습으로 함께 웃었다.

다리 밑에 '미타라시 축제'라고 적힌 작은 등롱이 세 개 걸려 있었다.

우리는 불이 켜진 양초를 든 채 다리 밑에 있는 녹색 내리막길을 내려갔다.

내리막을 다 내려가자 무릎 정도의 깊이가 있는 연못 안으로 들어갔다.

'연못'이라는 이름이 붙어 있긴 하지만, 흐르는 물은 무척이나 아름다웠다.

물에 잠기면서 연못 안을 천천히 걷자, 사람들이 손에 들고 있는 양초의 흔들리는 불빛이 수면에 반사되어 연못 전체가 오렌지색으로 보였다.

너무나도 아름다운 그 오렌지색 세계에 나도 모르게 숨이 터져 나왔다.

촛불을 옮기는 사람들은 밤의 어둠 속에 녹아들어 촛불의 불꽃만이 남아 점점이 켜진 것처럼도 보인다. 촛불 불빛만이 걷고 있다는 생각이 문득 들었다.

"이 양초, 어떻게 하는 거야?"

오렌지색 불빛을 보며 들뜬 기분으로 생각하고 있는 내게, 코우가 말을 걸었다.

나는 순간 제정신으로 돌아와 코우에게 말했다.

"아, 그건 말이지. 연못 끝에 헌등대가 있으니까 거기에 바치면 돼."

"알았어."

코우가 헌등대를 향해 걸었다.

다리가 긴 그는 물속에서도 똑바로 움직일 수 있는 모양이라, 나와의 거리가 점점 멀어져 갔다.

남겨진 내 앞을 나중에 온 사람들이 잇따라 앞질러 갔고.

"앗……."

작게 소리를 내자 코우가 멈춰 서서는 이쪽을 뒤돌아보며, "미안. 너무 빨랐네."라고 말했다.

"아니야."

이쪽을 향한 코우의 등 뒤로 수많은 촛불이 나란히 흔들리고 있었다.

그를 비추는 것처럼 켜진 오렌지색 흔들림에 내 마음도

흔들린다.

오른쪽으로, 왼쪽으로 바람에 흔들리지만, 다시 돌아온다. 촛불의 심지에서 떨어지지 않으려는 것처럼.

나는 가슴 속에 두둥실 떠오른 따뜻한 마음을 품은 채 그의 곁으로 가까이 다가갔다.

"미안, 기다렸지."

"괜찮아."

둘이서 나란히 양초를 바치고 손을 모아 소원을 빌었다.

"무슨 소원을 빌었어?"

"아카리가 이 이상 무모한 행동을 하지 않기를, 이라고."

"뭐야, 그게."

그렇게 말하며 양초 앞에서 코우의 어깨를 가볍게 때렸다.

조금 더 침착한 성격이 되어야 한다는 의미일까.

조금 더 여자애답게 행동해야만 한다는 말일까…….

나는 코우에 어울리지 않나? 그렇게 생각하자 가슴이 욱신거리며 아팠다.

연못에서 올라와 가져온 수건으로 발을 닦고, 신발을 신은 뒤 신수를 마셨다.

그 후에는 족형 기도를 하기 위해 발 모양 나무판 뒤에 이름과 나이를 쓰고, 이노우에 말사 앞의 물에 띄워 무병장수, 건각(健脚) 기원을 했다.

미타라시 연못에서 발 담그기 행사가 끝나자 우리는 다시 누문을 지나 타다스노모리 숲으로 들어갔다.

나무들로 뒤덮인 타다스노모리 숲 한가운데에 뻗은 참배길 바로 위로 커다란 보름달이 보였다.

"코우, 정말로 달이 파랗네."

"그래……."

코우는 달을 올려다보며 그렇게 말했다.

코우와 내가 만날 수 있는 건 푸른 달이 빛나는 밤뿐이라는 걸, 새삼스레 깨달았다.

우리는 그대로 흔들리는 버스에 몸을 맡기고 기온까지 돌아왔다.

시죠도오리는 여느 때처럼 사람들로 북적거리고 있었다.

길 막다른 곳에 있는 야사카 신사의 계단을 올라가 서루문을 지나자 눈앞에 돌바닥 길이 보였다. 길을 따라서는 암녹색 숲이 있다.

야사카 신사는 무척이나 조용했다.

버스에서 내리고 나서 힐끔 보였던 교토의 네온사인도, 소란도 닿지 않는다.

신들이 지키는 장소. 그것이 신사임을 나는 다시금 느꼈다.

몇 번이나 봐 왔던 것이 이렇게나 반짝여 보이는 건, 옆에 코우가 있기 때문일지도 모른다.

"그러고 보니, 이 신사는 처음 기온을 방문했을 때도 왔었지."

"응. 내가 길을 착각했었지."

분명, 그때부터 무언가를 느끼고 있었던 것이다.

여름밤을 찢어 놓을 것처럼 요란하게 우는 매미 소리를 넋을 잃고 듣는 그의 모습을 봤던 그때부터.

"뭐, 착각할 정도의 거리도 아니었잖아. 나로서는……."

"교토의 마을을 걸을 수 있어서 기뻤어?"

"그래."

그의 상냥함에는 마법이 걸려 있다는 생각이 든다. 내 실수를 이런 형태로 용서해 주니까.

그래도 나는,

"아, 여기 말이야…,"

자유롭게 행동하는 걸 그만둘 수 없다. 그 사실을, 소리 내어 말한 뒤에야 깨닫고 만다.

"아니, 아무것도 아니야. 미안."

"말하다가 도중에 그만두는 건 없기다. 뭔데? 듣고 싶어."

"그럼……."

나는 그 장소에 이끌리는 것처럼 다가갔다.

"이건?"

"우츠쿠시고젠샤야. 미의 신을 모시고 있어."

"흐음……."

코우는 그렇게 반응한 뒤 뒷말을 이었다.

"여러 신이 있구나."

"지금의 나한테는 가장 필요한 신일지도……."

"어째서?"

마음속으로 중얼거린 말이 새어 나오고 있었다.

아앗, 어떡해. 코우가 그렇게 반응하자 나는 어깨를 움츠렸다.

"미안. 못 들은 거로 해줘."

"미인이 되고 싶어?"

그런데도 코우는 질문을 계속한다. 쥐구멍에라도 들어

가고 싶다는 건 이런 거다.

"괜찮아, 괜찮아, 정말로 신경 쓰지 마!"

나는 그렇게 말하고는 죽통에서 넘쳐 나오는 미용수라 불리는 물에 손을 뻗었다.

"힉."

생각지 못한 차가움에 몸이 움찔거리며 반응했다.

이게 신수의 차가움인 걸까.

"있지…… 아카리."

그때, 내 옆의 머리 하나 크기 정도 높은 장소에서 낮은 목소리가 들려왔다. 이만큼 코우가 끈질기게 물고 늘어지다니 별일이다.

나는 포기하고 솔직하게 이야기하기로 했다.

"미인이라고 해야 하나, 조금은… 정숙해져야만 할 것 같아서……."

축제에서 보았던 유카타를 입은 여자애들의 모습을 떠올렸다.

화려한 유카타를 입고, 머리에는 귀여운 장식을 달고. 나막신을 신고 있기 때문인지 발걸음은 작고, 한 걸음 한 걸음 확인하듯이 옆에 선 남자애와 나란히 걷고 있었다.

노점에서 고르고 있는 것은 솜사탕이나 빙수. 그런 여자애를 보고 뺨을 물들이는 남자애.

'서로를 좋아함'*이라는 표현을 직접 보게 된 순간이었다.

게다가,

'아카리가 이 이상 무모한 행동을 하지 않기를…….'

코우가 그런 식으로 생각하고 있을 거라고는 상상도 해보지 않았다.

타쿠토나 반 남자애들에게 아무리 그런 소리를 들어도와 닿지 않았다.

여자애다워지고 싶다고는 한 번도 생각한 적이 없었다.

하지만, 오늘의 나는…….

거기까지 생각하고 옆에 있는 코우를 봤다.

오늘의 나는 코우에게 어울리는 여자애가 되고 싶다고 생각하고 있다.

코우의 얼굴을 바라보고 있었더니, 그는 나를 내려다보며 말했다.

"아카리한테는, 무리잖아."

"알고 있어! 그래서 말하고 싶지 않았던 거야!"

나도 모르게 시선을 피했다.

---

* 일본어로 서로를 좋아한다는 표현을 '료오모이(両想い)' 라고 한다

하아, 빨리 돌아가고 싶다. 돌아가서 욕조에 몸을 푹 담그고 이 일은 깔끔하게 흘려보내 잊어버리고 싶다.

"미인이라는 거 말이야, 뭘 보고 미인이라고 하는 거지?"

코우가 중얼거리듯이 말했다.

"예쁘다는 거 아니야? 예쁜 사람을 보면 기분이 좋잖아."

나는 건성으로 대답했다. 미인이 되는 건 나한테는 무리라는 말을 처음부터 듣고 말았으니까.

"그런가."

"응."

"하지만, 사람의 아름다움을 나타내는 건 외모뿐만이 아니라고 생각하는데."

"어?"

생각지도 못한 말에 나도 모르게 되물었다.

"말투나 행동거지, 그리고 지성도. 중요한 건 외견과 내면의 균형이 갖추어져 있는 것. 그런 걸 전부 포함해서 아름다움이라 한다고 생각해."

"……여전히, 난해하네."

"쉽게 말했다고 생각하는데……."

"응……."

사실은, 잘 이해하고 있었다. 그저 나는 이해하고 싶지 않았던 것이라고 생각한다.

그도 그럴 것이, 나는 말투도 행동거지도 딱히 아름답지 않다. 지성도 전혀 없다.

코우가 이상적으로 생각하는 여성과는 거리가 멀다는 걸 깨닫고 말았으니까.

코우는 다시 이 마을에 돌아와 주었지만, 그건 분명 대학이 있는 마을이니까.

그것뿐인 일이다. 그러니 이 이상 기대하지 않도록, 나는 목에서 치밀어 올라 밖으로 나가고 싶다며 슬퍼하는 마음을 억지로 밀어 넣었다.

깨닫게 되어도 어쩔 도리가 없다……. 슬슬 돌아가자. 돌아가서, 목욕하는 거다.

"그러니까, 아카리는…… 아름답다고 생각해."

발걸음을 되돌리고자 등을 향한 내게 말소리가 전해졌다.

한순간 이해할 수가 없어서 그 자리에 멈춰 섰다.

"아카리는 모든 균형이 잘 갖추어져 있어. 활기찬 점도 엉뚱한 점도 전부, 무척 사람다워."

'사람답다'라는 그 말은 칭찬하는 말인 걸까.

의아하게 여겨 뒤를 돌아보자 그의 손이 뻗어 와 정수리에 닿았다.

코우는 머리카락을 부드럽게 어루만진 뒤 말했다.

"아카리는 소중하게 자란 여자애야. 가족뿐만이 아니라, 이 마을에, 사람들에게 보호받아 온 증거."

그의 말에 가슴이 떨렸다.

목소리가 나오지 않고, 대신 눈시울이 뜨거워진다.

"그렇게 말 하나를 솔직하게 받아들일 수 있는 점도, 남을 지켜보는 상냥한 성격도, 난처한 사람에게 망설임 없이 손을 내미는 점도 전부……."

그는 나를 똑바로 바라보며 계속해서 말했다.

"전부, 아름다워."

눈물이 넘쳐흐를 것만 같았다.

이런 식으로 생각해 주고 있었을 줄은 상상도 못했다.

목 안쪽이 괴로워져 나도 모르게 등을 돌렸다. 우는 얼굴은 보여주고 싶지 않다.

이만큼이나 기쁘게 생각하는데, 솔직해질 수 없는 나는 눈물을 참으며 말했다.

"하지만, 코우가 말했잖아. '아카리가 이 이상 무모한 행동을 하지 않기를' 그렇게 빌었다고 했잖아……."

"그래. 말했지."

"거봐, 말하는 게 전혀 달라."

마치 어린애다. 억지를 부리고, 떼를 쓰고. 그래도 용서해 줄 거라고 믿고 있으니까, 나는 이런 말을 하는 거라고 생각하지만.

"그건, 걱정됐으니까. 헤어지고 나서 줄곧 생각했어. 아카리가 무모한 행동을 해서 다치지 않을까 하고. 이 마을에서 울고 있지 않을까 하고……."

꺼질 듯한 목소리로 그가 말했다. 나도 같은 심정이었다.

코우가 없어지고 난 뒤부터 나는 몇 번이나 코우와 만나고 싶다고 생각했다.

만나게 해 달라고 매일 밤 달에 소원을 빌고 있었다.

천천히 뒤돌아 코우를 봤다.

그는 걱정된다는 듯이 희미한 미소를 지은 뒤 말했다.

"또, 만날 수 있어서, 다행이야."

바람이 끊긴 여름밤은 열기가 가득 찬 것처럼 여전히 뜨겁다.

우리는 낮의 열기를 아지랑이처럼 만들어 올리는 콘크리트 위를 한 걸음씩 걷고 있었다.

결정적인 말을 들은 것은 아니고, 내가 먼저 말한 것도 아니다.

하지만 조금 전보다도 코우가 가깝게 느껴지는 건 기분 탓일까.

달빛에 비친 코우의 옆모습을 때때로 훔쳐보면서, 완만한 언덕길을 올라가 집으로 돌아간다.

현관 앞에서 발을 멈추자, 다정한 목소리로 코우가 말했다.

"오늘은 고마워. 무척 즐거웠어."

나는 "응."하고 고개를 끄덕인 뒤 "그럼……."이라고 중얼거렸다.

"그래, 잘 자."

현관 앞에서 작별 인사를 했다. 그건 집 안에서는 작별 인사를 할 수 없을 거라고 생각했기 때문이다. 앞으로 10분만 더, 앞으로 5분만 더, 하며 그를 붙잡아 두고 말 것만 같았기 때문에.

오랜만에 교토에 온 그를 빨리 쉬게 해주고 싶다.

"내일, 또 봐."

나는 코우를 올려다보며 미소 지은 뒤 미닫이 현관문을 열었다.

딸랑, 하고 종소리가 울리자 금방 집 안에서 목소리가 들려왔다.

"아카리? 돌아왔니?"

엄마다.

"응. 다녀왔어~."

"다녀왔습니다." 머리 뒤로 코우의 시원한 목소리가 울린다.

엄마가 거실에서 고개를 빼꼼 내밀더니, 우리를 보고 기쁜 표정을 지은 뒤 밝게 미소 지었다.

"어서 오렴."

우리가 신발을 벗고 집으로 들어가자, 가까이 다가와 물었다.

"아, 코우– 차 마실래? 좋은 차를 받았단다."

"감사합니다."

코우는 엄마를 따라 거실로 들어갔다. 2층으로 이어지는 계단 앞에서 내가 멍하니 서 있는 걸 알아차리자, 눈짓한 뒤 다시 한번 "잘 자."라고 말했다.

"잘 자."

나도 코우에게 말했다. 목소리가, 몸이 열을 띠고 있다.

"또 봐!"

그 말만 하고 계단을 뛰어 올라갔다.

“얘! 아카리! 쿵쾅쿵쾅 뛰지 마!”

또 한 번, 그와 만난 밤이 끝났다.

최종장

책상 위에 작은 등롱 두 개가 나란히 놓여 있다.

어깨를 맞댄 것처럼 나란히 놓인 등롱 중 하나는 코우가 만든 것이고, 다른 하나는 내가 만든 것이다.

전통지 안에 작은 라이트를 넣어 점등하자 등롱에 불이 켜지고, 전통지에 번지는 것처럼 안쪽에서부터 부드러운 빛이 나온다.

상냥하고 부드러운, 등롱만이 가지는 색. 따뜻함이 있는 불빛.

나는 그것들을 바라본 뒤 일어섰다. 나는 오늘 밤에도 신바시 다리에 코우를 마중하러 간다.

별이 반짝이는 여름밤, 코우는 오늘도 신바시 다리에 있었다.

신바시 다리 한구석에 서서 밤하늘을 올려다보고 있다.

나도 그쪽을 올려다보니, 밤하늘에 푸른 달이 두둥실 떠 있다.

둥글고 커다란 달이 우리를 내려다보고 있다.

나는 푸른 달을 바라보는 코우 곁으로 다가갔다.

"코우……."

속삭이는 듯이 말을 걸자, 코우가 이쪽을 보고 미소 지었다.

입가를 약간 올리는 부드러운 미소를 보면 가슴이 두근두근 뛴다.

내 안에 따뜻한 마음이 생겨난다. 오늘도 있어줘서, 다행이야…….

"아카리!"

"……!"

그때, 발아래에 있던 돌멩이에 발이 걸려 넘어질 뻔했다. 넘어지려던 나를 받쳐 준 건 오늘도 코우였다.

뒤에서 뻗어 온 커다란 손바닥은 내 왼쪽 어깨를 끌어안고, 내 오른손은 눈앞에 있는 팔을 붙잡고 있었다.

"괜찮아?"

"……응."

평소라면 코우의 숨결이 느껴지는 거리에 당황하여 곧바로 떨어지겠지만, 오늘은 움직일 수 없었다.

가능하면 코우의 체온에 감싸인 이 장소에 조금 더 있고 싶다고 생각하고 말았기 때문이다.

그렇게 생각한 것과 동시에, 뺨은 점점 뜨거워지고 몸은 열을 띠기 시작했다.

코우에게 닿고 있다는 것이 부끄럽게 느껴졌다. 그런데도, 떨어지고 싶지 않다니…….

뒤죽박죽인 감정을 품고 있다. 이런 기분은 처음이었다.

"아카리?"

입술을 꼭 다문 채 움직이지 않는 나에게 코우가 말을 걸었다.

"으, 응. 정말 미안해. 이제 괜찮으니까."

그렇게 말하고는 떨어졌다. 코우는 후우, 하고 숨을 내쉰 뒤 내 옆에 나란히 서서 이야기하기 시작했다.

"오늘은 어디에 가는 거였지?"

"음, 그러니까. 오늘은 아직 정하지 않았어. 코우의 요청을 들으려고. 코우는 가고 싶은 곳 있어? 보고 싶은 곳이라든가."

"그러게……."

어제는 코우와 함께 집에 돌아갔더니, 갑자기 아르바이트 부탁을 받았다. 나는 손님께 상을 차리고, 코우는 조리장 일을 돕게 되었다. 손재주가 좋고 머리 회전이 빠른 코우는 조리장 일을 금방 배워 실수 없이 해냈다. 어제는 아르바이트로 하루가 끝나고 말았으니까, 오늘은 잔뜩 놀고 싶다.

교토 안내 담당으로 임명된 나는 코우가 기뻐하리라 생각되는 교토의 마을을 안내하고 싶었다. 코우가 가고 싶은 곳에, 보고 싶다고 생각하는 곳에 가고자 결심하고 있었는데, 코우는 표정을 무너뜨리지 않고 말했다.

"나는 아카리가 가고 싶은 곳에 가고 싶어."

코우의 말에 놀라움을 감출 수 없었다.

내가 가고 싶은 곳에 가는 거야?

교토에 사는 나는 언제든, 어디에든 갈 수 있다. 구태여 관광지에 갈 이유가 있나, 하는 생각에 나도 모르게 고개를 갸웃하고 만다.

"어디에 가고 싶어?"

하지만 그는 망설이지 않고 그렇게 말했다. 코우가 그걸 바란다면, 나는 눈을 감고 생각했다.

불현듯, 내 머리에 떠오른 장소는 하나였다.

"그럼…… 기온에 가자?"

나는 코우에게 보여주고 싶은 것이 있었다.

그건 내가 태어나고 자란 마을, 기온 · 히가시야마다.

코우가 이 마을에 왔을 때 안내했었지만, 다른 데 들른 탓도 있고 하여 참배길에 늘어선 가게가 대부분 문을 닫아 제대로 안내할 수 없었다.

교토만의 특색이 드러나는 선물 가게가 줄지어 늘어선 참배길. 니넨자카, 산네이자카는 야사카 신사에서 청수사로 가는 도중에 있는 언덕의 이름으로, 1년 내내 관광객으로 붐빈다.

세계 각국에서 사람들이 찾아오는 장소는 우리가 지켜온 마을이다.

교토다움을 충분히 느낄 수 있는 참배길에 나는 코우를 데리고 가고 싶었다.

"니넨자카랑 산네이자카에 가자."

코우에게 그렇게 말하자, 그는 부드러운 미소를 지으며 끄덕였다.

푸른 달빛을 받으며 우리는 돌바닥 거리를 걸었다.

낮에는 활기가 있고 연일 북적이는 참배길도 밤으로 접어드는 시간이 되면 가게가 문을 닫기 시작하고, 사람들도 집으로 돌아간다. 다들 언덕을 내려가는데, 우리만은 왕래가 적어지는 언덕길을 올라간다.

언덕 바로 위에 커다란 푸른 달이 있었다. 그 주위에는 반짝이는 별이 달라붙어 있다.

별이 쏟아지는 듯한 밤, 나는 푸르게 비치는 그의 옆모습을 보며 걸었다.

푸른 달빛이 반짝반짝하며 가루처럼 떨어져 와서는, 그의 옆모습을 희미하게 물들여간다.

달빛에 물들여지는 그를 보며, '아름답다'라는 말은 이 순간에 사용하는 것 아닐까 하고 생각했다.

"아카리, 저건."

코우가 조용히 말했다. 손가락으로 가리킨 곳에 있는 건 전병 가게였다.

"배고파?"

"뭐, 그렇긴 한데. 그것보다, 저건 뭐야?"

"어? 몰라? 전병이야. 여러 가지 맛 전병을 팔고 있어."

"전병."

코우는 딱딱한 말투로 말했다. 그리고는 "맛있어?"라고 뒷말을 이었다.

나는 "맛있어!"라고 대답하고는 가게로 향했다. 전병 두 장을 사서 한 장을 코우에게 건넸다.

바삭거리는 소리를 내며 먹는다.

"맛있네."

코우의 눈이 반짝였다.

"여태껏 전병을 먹을 기회가 없었어?"

"어, 처음 먹었어."

어떤 곳에서 살고 있는 거야?!

나도 모르게 그렇게 말해 버릴 것 같았지만, 행복하게 전병을 먹는 모습을 보니 아무 말도 할 수 없게 된다.

어쩌면 이런 식으로 손수 구운 전병을 먹을 수 있는 마을은 드문 걸지도 모른다.

나는 교토에서 나간 적이 없으니까, 내가 모르는 것뿐이겠지.

우리는 전병을 한 손에 들고 언덕을 올라갔다.

길 양옆에 빽빽하게 들어차 늘어선 가게는 곳곳이 닫혀 있었다.

우리는 아직 영업하고 있는 가게 중에서 보고 싶은 가게를 골라 들어갔다.

패키지가 세련되고 귀여운 향초 가게, 별사탕이나 교아메, 전통 무늬가 새겨진 잡화가 늘어선 가게. 다양한 가게에 들어갔다. 코우도 흥미 깊게 그것들을 보고 있다.

똑딱이 동전 지갑을 사서 가게를 나온 뒤 잠시 걷다가, 나는 "아."하는 소리를 냈다.

나도 모르게 하늘에 손을 받쳐 봤다.

밤하늘에서 비가 내리기 시작했다.

"아카리, 이쪽으로."

코우가 불러서 우리는 근처에 있던 처마 밑에 몸을 기댔다.

"여기는……."

이 가게는 와본 적이 있는 곳이었다.

비를 피하고자 고른 가게는 예전에 내가 이끌려 들어간 전통 우산 가게였다.

열려 있는 입구 부근에 우산이 몇 개 펼쳐진 상태로 놓여 있고, 벽에도 펼쳐진 우산이 전시되어 있다. 내 눈은 자연히 가게 안에 장식된 전통 우산 중 하나를 보고 있었다.

그 전통 우산의 색깔은 보라색으로, 군데군데 하얀색이

섞여 들어가 은하를 표현하고 있었다.

이전에 코우와 함께 봤던 우주 무늬 우산이었다.

어째서일까. 나는 이 우산에 무척 끌리고 있었다.

아빠가 하는 일을, 물리학의 즐거움을 이해하고 싶다고 생각하고 있는 걸까.

그게 아니면, 나도 아빠와 마찬가지로 우주에 흥미를 느끼고 있는 걸까.

처마 밑에서 그 우산을 바라보고 있었더니, 코우가 가게 안으로 들어갔다. 나는 눈을 크게 깜박거리면서 코우의 뒷모습을 바라보고 있었다.

코우, 무슨 일일까……?

"어서 오세요!"

그때 안쪽에서 젊은 점원이 나왔다.

코우는 벽에 걸린 우주 색깔 전통 우산을 가리키고는 말했다.

"이 우산 주세요."

"어, 우산이라니…… 여우비 같은데?"

나는 우산을 사서 돌아온 코우에게 말했다.

손바닥을 하늘을 향해 펼쳐 확인했다. 밤하늘에서 후드득후드득 떨어지는 비는 금방 그칠 것 같다.

"응. 알고 있어. 그래도 아카리가 갖고 싶어 하는 것 같았으니까."

"그렇게……."

"보였어."

코우는 망설이지 않고 대답하고는, 전통지로 만들어진 우산을 펼쳤다. 눈앞이 보라색으로 물든다.

평소에 사용하는 서양식 우산과 비교하면 상당히 크다. 우산을 지탱하는 살도 50줄기 가까이는 되기 때문인지 끝 쪽이 깔끔하고 똑바르게 펼쳐져 있다.

주름이 없는 하나의 그림이 안쪽에서도 또렷하게 보였다.

"아카리, 이리 와."

"응."

코우의 부름에 우산 밑으로 들어갔다.

우주의 색깔을 띤 우산 아래로 들어가자, 내가 이세계 속으로 들어간 듯한 느낌이 들었다.

교토 안에 다른 우주가 있다. 멍하니 그런 생각을 했다.

그 장소는 무척 마음이 편했다. 둘만의 특별한 공간이라는 생각이 들었다.

우리는 비가 그쳐도 전통 우산을 쓰고 걸었다.

교토의 정취가 있는 거리 속에 전통 우산이 녹아 들어간다.

푸른 달빛이 조명처럼 닿는 탓에, 우리한테 뒤섞인 파란색과 보라색이 비쳐서 닿고 있었다. 그림뿐만이 아니다. 너무나도 아름다운 색깔에 나는 말을 잃었다.

"……예쁘다."

잠깐의 침묵 후, 우산을 올려다보며 코우가 불쑥 중얼거렸다.

"응. 예뻐……."

코우도 같은 생각을 하고 있었던 걸지도 모른다. 문득 그렇게 생각했을 때, 코우의 눈동자가 흔들리고 있다는 걸 알았다.

"코우?"

"진화는 실패일지도 몰라……."

"어……?"

"세상은 4%밖에 없는데 말이야."

"갑자기 왜 그래?"

"아카리, 알고 있어?"

코우는 보라색 전통 우산을 바라보며 말했다.

이 세상에서 가장 존엄한 이야기를 어린아이에게 들려

주는 것처럼, 신중하게 말을 잇는다.

"우리가 이곳에 있는 것, 존재하는 것은, ……기적이야."

그가 말하고자 하는 바가 나는 금방은 이해되지 않았다.

하지만 예감이 있었다. 나는 지금부터 중요한 이야기를 듣게 되리라는 것을 직감으로 알았다.

"무슨, 말이야?"

고동이 빨라져 간다. 내 눈동자는 분명 불안하게 흔들리고 있을 것이다.

"우리는 우주 속의 4% 중 하나야."

"……4%?"

"그래."

그는 그렇게 말하고는 보라색과 흰색으로 이루어진 얼룩무늬 우산을 올려다봤다. 거기에는 끝없는 우주가 펼쳐져 있었다.

"우주의 96%는 암흑물질과 암흑 에너지로 이루어져 있어."

"그게, 뭔데?"

목소리가 떨렸다.

그런 나의 변화를 느낀 것인지, 그는 천천히 이야기해 주었다.

"그게 무엇인지는, 알 수 없어……."

"……응."

"우주의 96%는 아직 잘 알지 못하는, 미지의 세계야."

"……응."

"우리가 알고 있는 건 우주 속의 4%뿐. 그것이 물질."

"물질이라니, 집이라든가 그런 거?"

"맞아. 우리가 물질이라 부르는 것, 예를 들어 집도, 차도, 빌딩도, 밤하늘에 뜨는 별이나 달도. 그리고 우리들 인간도. 그것들 전부를 포함해서 형태가 있는 것은 불과 4%밖에 없어."

"……."

"유감이지만 암흑 에너지는 계속해서 늘어나고 있어. 어쩌면 우리들 4%의 물질도 언젠가는 균형이 무너져 분열되고, 그저 하나의 우주로 돌아갈지도 몰라."

"……."

"지금 우리가 이 세상에서 형태를 이루고 있는 건, 기적이야."

나도 우주 무늬 우산을 올려다봤다. 우주 속에 있는 행성, 그것이 지구.

그중에서 형태를 이루고 있는 것, 살아있는 것, 너와 만날 수 있었던 건 전부 기적.

"그 4% 중의 하나가 이렇게나 아름다운 세계여서 다행이라고, 진심으로 생각해."

코우는 아무도 남지 않게 된 희미하게 빛나는 돌바닥 참배길을 바라보면서 그렇게 말했다.

"그러니까, 쭉, 계속해서 지켜줘."

그리고는 눈을 감고, 기도하는 것처럼 중얼거렸다.

비는 완전히 그치고. 접은 커다란 전통 우산은 코우가 들어 주었다.

우리는 니넨자카, 산네이자카를 올라가 키요미즈자카도 걸었다. 청수사는 이미 문을 닫아 안에는 들어갈 수 없었다. 밖에서도 압도적인 존재감을 드러내는 국보를 올려다보며 나는 말했다.

"다음에는 낮에 청수사에 갈까?"

내 물음에 코우는 아무런 대답도 하지 않았다.

"아, 그런가. 청수사는 유명하니까 이미 가 본 적 있는 거구나?"

"아니, ……없어."

"그래?! 잘됐다! 청수사는 교토 중에서도 최고의 관광지라 불리는 만큼 박력이 엄청나! 키요미즈의 무대를 코우한테도 보여주고 싶어!"

"……."

"게다가 말이야, 청수사에서 볼만한 곳은 불당뿐만이 아니야. 내가 가장 추천하는 건 수구당 태내 순례야. 다음에 같이 가자?"

역시 코우는 내 말에 대답하지 않았다.

대신 가슴에 스며드는 듯한 쓸쓸한 미소를 보여줬다. 조용하고 씁쓸하게 미소 지은 뒤, 그는 달빛에 비치는 청수사를 보고,

"여기면 충분해. 무척 아름다워."

청수사에 들릴 정도로 상냥한 목소리로 말했다.

어째서…….

그렇게 생각했지만, 그 마음을 나타내지는 못하고 나는 코우를 바라봤다.

그러자 코우가 눈을 맞추며 중얼거리듯이 말했다.

"이 이상은, 올라갈 수 없구나."

"……응. 청수사가 막다른 곳이야."

"그런가. 그럼, 돌아갈까."

"……응."

우리는 키요미즈자카를 내려갔다.

사람들의 왕래는 거의 없고, 참배길에 켜진 오렌지색 등롱이 우리가 걷는 길을 비추고 있었다.

우리는 야사카의 탑 앞을 지나 집까지 돌아왔다.

그 사이, 코우는 묵묵히 입을 다문 채 아무 말도 하지 않았다.

그런 코우를 보고 나는 조금 쓸쓸해졌다.

코우는 이제 교토 안내가 필요하지 않은 걸까…….

기숙사 정비가 끝나면 코우는 기숙사로 돌아간다.

교토 안내가 필요하지 않다면, 우리는 만날 이유가 없어진다.

코우가 나를 필요로 하지 않는다면, 나는 더 이상 코우를 만날 수 없는 걸까…….

그렇게 생각하는 것만으로도 전신이 슬픔에 휩싸인다. 마음이 아프다며 울기 시작해서, 어떻게 해야 좋을지 알 수 없어진다. 그런 변화를 알아차리는 것도 역시나,

"왜 그래?"

그는 푸른 달을 등지며 걱정된다는 듯이 미간을 찡그렸다.

나는 특별한 약속이 없어도 코우를 만나고 싶다.

내일도, 모레도, 밤에만이 아니라, 낮에도, 아침에도. 언제든, 어떤 때라도.

코우의 미소를, 낮은 목소리를, 상냥한 시선을 보고 싶다. 계속 그의 옆에 있고 싶다.

나는 코우를 좋아한다.

잔물결처럼 몸 안쪽에서 감정이 한꺼번에 복받쳐 올라왔다.

처음 느끼는 감정이었다. 나는 처음으로 남을 좋아하게 됐다.

좋아한다는 걸 깨닫자, 눈물이 나올 것만 같았다. 코우에게 그런 모습을 보여주고 싶지 않지만, 옆에 있고 싶다.

내 마음을 제어할 수 없어져서,

"잠깐 기다려줘!"

나는 현관을 드륵 열고는 2층으로 뛰어 올라갔다. 계단을 쿵쿵 울리며 내 방으로 돌아왔다.

하아……, 하고 큰 한숨을 쉬고는 거울에 비친 나를 보니 뺨도 눈도 새빨갰다.

격렬하게 울려 대는 심장에 손을 대고 심호흡을 몇 번 했다. 숨을 고르면서도 마음속 어딘가에서는 초조해하는 내가 있다는 걸 깨달았다.

느긋하게 있을 수는 없다. 밖에서 코우가 기다리고 있다.

나는 책상 위에 놓아뒀던 코우와 함께 만든 수제 미니 등롱 두 개와 작년에 쓰다 남은 불꽃놀이용 폭죽을 들고 1층으로 내려갔다.

현관을 열고 밖으로 나가자 코우가 돌바닥 길 위에 서 있었다.

"이번에는 무슨 생각을 떠올린 거야?"

아무 일도 없었다는 것처럼 코우가 부드럽게 말했다.

코우의 상냥함에 가슴이 꾸욱 옥죄인다.

"불꽃놀이를 하자 싶어서."

나는 봉투에 든 불꽃놀이용 폭죽을 들어 올려 보였다.

"괜찮겠네."

겨우, 코우가 동의해 주었다.

양초에 불을 붙였다.

투명한 봉투에서 폭죽을 하나 꺼내 건네자, 코우는 "고마워."라며 싱긋 미소 지었다.

나도 폭죽을 하나 들고 양초에 가까이 가져다 댔다. 폭죽 끝은 치이익, 하는 소리를 내며 불타기 시작했고, 화약에 닿자 단숨에 불씨로 된 꽃을 피웠다.

코우가 눈부실 정도의 노란색으로 물든다.

"코우가 들고 있는 불꽃, '칠색변화'래!"

"정말로 일곱 색깔로 변하는 거야?"

"실은 나 세어보고 있어. 지금 두 번째 색깔이야."

"벌써 세고 있었다니."

옆에 있는 코우는 짧게 웃고는 나를 봤다.

"불꽃 똑바로 보고 있어. 일곱 색깔 있는지 알 수 없게 되잖아."

"……알았어."

한 색깔 한 색깔, 색은 변하고. 불꽃은 마지막에 보라색으로 끝났다.

"정말로 일곱 색깔 있었어."

"그런가."

"다음은 이거!"

그렇게 말하고 봉투에서 새로운 폭죽을 하나 꺼내 불을 붙였다.

"옛날에 해본 적 없어? 손에 든 불꽃을 빙빙 돌리는 거."

"해본 적 없어."

"정말? 그럼, 지금 할래?"

그렇게 말하자마자 나는 불꽃을 빙글 돌려 보였다. 밤하늘에 불꽃 그림이 완성된다.

코우는 어깨를 들썩이며 살짝 웃은 뒤, 긴 팔을 휘둘러 밤하늘의 캔버스에 그림을 그렸다.

나보다도 훨씬 팔이 길기 때문인지, 기세를 너무 붙인 탓인지, 불씨가 이쪽까지 날아왔다.

"우와, 코우 너무 못한다! 지금 거 위험했어!"

"이 놀이는 '위험한' 게 전제잖아?"

"아니거든!"

대화를 주고받고, 서로 웃으면서 여름밤이 지나간다.

여름의 꽃이 하나하나 져간다.

마지막에 남은 불꽃은 빨간 열매를 맺은 선향 불꽃이었다.

"이거 전부 코우한테 줄게."

"어째서?"

선향 폭죽 묶음을 내밀자 코우가 고개를 갸웃했다.

'선향 불꽃이 꺼지면, 여름이 끝날 것 같은 느낌이 들어.'

그 생각은 입 밖으로 낼 수 없었다.

그 말을 입에 담아 버리면, 말에 혼이 담겨 진짜로 그렇게 되어 버릴 것 같았기 때문이다.

"선향 폭죽 묶음에 그대로 불을 붙여 보고 싶다고 옛날에 타쿠토가 말했으니까, 코우도 혹시 그럴까 해서."

"……나는 아니야."

드물게 불퉁한 표정으로 코우가 말했다.

"나는 하나씩 즐기고 싶어. 아름다운 건…… 소중히 여기고 싶어."

그의 목소리가 밤하늘에 빨려 들어간다.

코우답네, 라고 생각하면서 양초 불빛에 물든 옆모습을 보고 있었더니, '필요 없다'고 했을 터인 내 눈앞에 코우가 선향 폭죽 하나를 내밀었다.

"마지막까지, 같이."

거의 목소리에 가슴이 막힌다.

역시 코우는 오늘 이날을 마지막으로 하려는 거구나…….

그의 숨결이 들려올 정도의 거리였다.

폭죽을 다루는 손가락, 내리뜬 눈의 모양, 뻗은 팔의 길이. 나는 코우를 곁눈질하며 보고 있다. 의식하지 않아도, 무의식적으로 코우 생각만 하고 있다.

"아카리."

"응."

코우가 살며시 내 이름을 불러, 코우 다음으로 불을 붙였다.

선향 불꽃은 흔들리면서 서로의 뺨을 비췄다.

문득 눈이 마주쳐, 너무 부끄러운 나머지 고개를 숙였다. 코우도 쑥스러운 듯이 웃었다.

같은 마음이라면, 좋을 텐데—.

사람은 점점 욕심쟁이가 된다.

좋아한다는 걸 깨달았더니, 코우도 나를 좋아해 줬으면 좋겠다고 바라고 있다.

그런 기적이 간단히 일어날 리가 없는데…….

선향 불꽃의 빨간 열매가 훌훌 떨어졌다.

역시나, 그 순간은 우리에게 여름의 끝을 알리고 있는 것처럼 느껴졌다.

이제 조금 더 있으면 푸른 달이 뜬 밤이 끝난다. 우리의 여름이 끝난다.

눈을 내리뜨고 꺼진 불꽃을 보는데, 눈꺼풀 너머로 희미한 기척을 느꼈다.

살며시 눈을 들자 스며드는 듯한 조용한 시선으로 코우가 나를 바라보고 있었다.

어둠 속에서 다시 한번 눈이 마주쳐서, 나는–

"……왜 그래?"라고 물었다.

코우는 뭔가를 말하려다가, 말문이 막힌 듯—

"……아니. 아무것도 아니야."

그 말만 했다.

나는 그런 코우에게 전하고 싶었다.

가슴 속 깊은 곳에 잠든 말은, 하나밖에 없었다.

"……좋아해."

깨닫고 보니 무의식적으로 그렇게 중얼거리고 말았다.

내 목소리에 깜짝 놀랐다. 코우의 눈동자는 애수에 흔들리고 있다.

얼마나 자기 마음에 솔직한 거야. 너무 솔직해서 코우를 곤혹스럽게 만들고 있다.

"미안."

그렇게 말한 건 나였다.

"멋대로 좋아하게 되어서, 미안해."

밤은 두 사람의 표정을 보여주지 않았다.

그저 무겁고 갑갑한 공기만이 흐르고 있어서, 나는 사과할 수밖에 없었다.

그때, 등에 커다란 손의 감촉이 느껴졌다. 몸이 확 끌어당겨지는가 싶더니, 눈앞에 코우의 목울대가 보였다. 나는 그에게 안겨있었다.

고동이 시끄럽다. 입에서 심장이 튀어나올 것만 같을 정도로 놀라고 있다.

쓰러질 뻔한 것도 아니고, 넘어질 뻔한 것도 아닌데 코우는 나를 끌어당겨 자기 품 안에서 감싸 주고 있다.

그게 무척이나 기뻐서, 눈시울이 뜨거워졌다.

코우의 체온을 가까이서 느낀다. 손을 움직이는 것도, 이 이상 달라붙는 것도 나한테는 불가능하지만, 코우에게 안겨 있다는 현실만이, 행복했다.

"……미안."

다음 목소리는 코우의 것이었다.

복받쳐 오르는 기쁨에 당장이라도 눈물이 흘러넘칠 것만 같았을 때, 코우는 나를 안은 채 귓가에서 그렇게 말했다.

나는 코우에게서 몸을 뗐다.

가까운 거리에서 눈이 마주치자, 코우는 섬세하게 갖추어진 이목구비를 괴로운 듯이 찌푸리더니, 어찌할 바를 모르겠다는 듯이 고개를 푹 숙였다.

바람이 훅 불어와 양초의 불을 껐다. 정적이 찾아온 어둠 속에서 코우는 말했다.

"더는…… 만날 수 없어."

계속, 예감하고 있었던 말을 듣고 말았다.

그의 표정을, 윤곽을 비추는 것은 머리 위에서 빛나는 커다랗고 푸른 달의 달빛뿐이었다. 그를 채색하는 푸른색이 코우 자신으로 보였을 때, 그는 천천히 이야기하기 시작했다.

"오늘로, 블루문이 끝나니까."

"어……?"

"이제, 이곳에는, 올 수 없어."

나는 코우가 하는 말을 이해할 수 없었다.

이렇게나 곁에 있는데, 끌어안아 주었는데, 우리는 더는 만날 수 없는 거야?

눈가가 뜨거워지고 콧속이 아파진다.

하지만 울어서는 안 된다고 생각했다. 이 이상 코우를 난처하게 만들고 싶지 않다.

눈에 고이는 눈물을 흘리지 않도록 참고 있자, 코우가 내 뺨에 붙어 있던 머리카락을 넘겨준 뒤 괴로운 듯이 쓴웃음을 지었다.

"내가 사는 세계와, 아카리가 사는 세계는… 다르니까."

"무슨, 말이야?"

나는 코우를 바라봤다.

코우는 다정하게 미소 지은 뒤, 내가 모르는 단어를 말했다.

"아카리는 말이야…… 평행 세계라는 거 알고 있어?"

평행 세계?

옛날에 들어본 적이 있다. 이 세계와 동시에 진행하는 다른 세계 이야기다.

"응……. 우리가 사는 세계랑 닮은 다른 세계… 를 말하는 거지?"

나는 그렇게만 대답했다. 자세한 건 아무것도 모른다. 명칭을 들어본 적이 있는 정도였다.

"그래. 나는 그곳에서 왔어."

"거짓말이지……?"

이상한 농담이라고 생각했다.

"그런 건 드라마나 만화에서만 있는 이야기 아니야? 현실에서 그런 일이 일어날 수 있다니, 믿어지지 않아."

강한 어조로 그렇게 말했다. 본심이었다. 우리가 사는 세계와는 다른 세계가 있다니, 바보 같은 이야기다.

"아카리는 우주의 4% 전부가, 이 세계만의 것이라고 생각해?"

"뭐……?"

"4%는, 아카리가 사는 세계만의 것이 아니야."

목소리가 나오지 않는다.

이해하지 못하는 게 아니다.

내 머리가 그런 경우도 있을지도 모른다고 생각하려는 것을 필사적으로 거부하고 있는 것이다.

"예를 들어 우리 같은 물질의 세계를 커다란 만화경이라고 생각하자. 그리고 그 만화경 안에 4%의 조각을 넣어 보는 거지. 만화경을 보는 각도를 바꾸면, 보이는 그림은 변하잖아?"

나는 입술을 깨물었다.

"지구 속의 세계는 하나만이 아니라, 수많은 세계가 동시에 진행하며 나아가고 있어. 아카리가 있는 세계가 1의 세계라고 한다면, 내 세계는 만화경의 각도를 바꾸면 나와. 그곳은 2의 세계. 세계는 두 개만 있는 게 아니라, 3의 세계도, 4의 세계도, 수많은 세계가 존재해."

"……."

"나는 블루문의 힘을 빌려 우연히 이쪽 세계로 온 거야…."

"말도 안 돼……."

"사실이야."

"싫어, 믿기지 않아."

사실은 믿고 싶지 않은 것이다.

그 이야기를 믿어 버리면, 우리는 다른 세계의 인간이라는 이야기가 된다고 생각했기 때문이다.

그렇게 되면, 우리는…….

"평행 세계 따위, 안 믿어!"

강한 어조로 단언하자 그는 슬퍼 보이는 눈을 하고는.

"우리 세계에서는 유명한 이야기야……. 이쪽 세계에서도 알아차린 사람은 있는 것 같네. 너희 아버님이나 연구를 거듭하는 학자들은 이미 깨닫기 시작하고 있어. 평행 세계는 꾸며낸 이야기 속에서만 등장하는 세계가 아니라, 물리학으로 증명되고 있는 세계라는 걸."

목소리가 나오지 않는다.

나는 확실히 아빠한테서 들은 적이 있다.

'이 세상에는 우리가 알고 있는 것보다도, 모르는 것들이 훨씬 많아. 우리는 그걸 해명하기 위해 연구를 계속하고 있는 거란다'라는 말을.

아빠의 방에 진열된 책의 책등에는 언제나 '우주'나 '패러렐 월드', '평행 세계' 그런 말들이 나열되어 있었다.

분명 아빠는 우주를 연구하면서, 동시에 우리가 사는 세계의 수수께끼를 풀 연구를 하고 있는 것이다.

"……."

"한 달 전의 7월 1일, 내가 사는 세계에도 커다란 블루문이 빛나고 있었어. 푸른빛이 이끌어 주는 곳에 다른 세계로 짐작되는 색이 보였어. 나는 그곳이 내가 사는 세계와는 다른 세계라는 걸 알고 있었는데도, 와 버렸지."

코우는 언제나 신바시 다리 위에 서 있었다. 그곳에서, 푸른 달을 바라보고 있었다.

그 장소가 입구였다는 건가?

코우는 그 장소에서 푸른 달이 떠 있는 밤에만 이 마을로 오고 있었던 거야?

고동이 빨라지기 시작한다. 믿고 싶지 않다고 생각하는데, 푸른 달에 그림자가 지자 그의 한쪽 팔이 투명하게 비쳐 보였다.

나는 투명하게 비쳐서 사라지고 말 것만 같은 코우의 팔을 붙잡았다.

그는 괴로운 듯이, 이야기를 계속했다.

"단순한 호기심이었어…. 아주 약간만 엿본 뒤에 돌아갈 생각이었어…. 하지만 이 마을에 아카리가 있고, 나는 너를… 사랑하게 됐어."

"……."

"첫 번째 블루문이 뜬 나흘 동안만으로 잊으려고 했지만, 그럴 수 없었어. 한 번 더, 아카리를 만나고 싶었어……."

참고 있던 눈물이 봇물 터지듯 흘러넘쳤다.

목구멍이 갈기갈기 찢어지는 것처럼, 뜨겁고 아파진다.

코우는 그저 하염없이 눈물을 흘리는 나를 끌어당겨, 그 고통에서 구해내려는 것처럼 부둥켜안았다.

아플 정도의 포옹이었다. 마음이 서로 통했는데, 우리는 이제 곧 헤어진다.

"……미안."

코우가 짧게 말했다.

나는 고개를 작게 가로저었다.

코우가 잘못한 게 아니다.

얼마나 시간이 지났을까. 우리는 현관 앞에 있는 커다란 정원석 위에 앉아 밤하늘을 올려다보고 있었다.

보름달을 보니 코우와 함께 있을 수 있는 시간은 이제 얼마 남지 않았음을 감각적으로 알 수 있었다.

달이 그림자를 보이기 시작한다.

그런 와중에 우리는 대화를 계속했다.

별 내용 없는 대화 후, 코우가 사는 세계에 전해지는 블루문의 전설을 들었다.

그 전설은 사는 세계에 따라 조금씩 다르다고 한다.

'한 달에 두 번 나타나는 블루문의 밤, 푸른 달빛이 이끄는 곳에 시간의 왜곡이 생겨난다. 그리고 그 빛을 볼 수 있는 자만이 가야만 하는 세계 혹은 가고 싶다고 강하게 바란 세계로 갈 수 있다.'

'그 세계로 갈 수 있는 건 푸른 달이 뜨는 나흘 동안의 밤에만. 아침이 되면 자연히 원래 세계로 돌아가게 되어 있다.

첫 번째 블루문에 다른 세계로 간 자는 두 번째 블루문에도 그 세계로 갈 수 있다. 블루문의 기적을 쓸 수 있는 건 인생에서 단 한 번뿐.'

이라는 내용이었다.

우리는 손을 잡은 채 밤하늘을 올려다봤다.

아름다운 푸른 달이 데리고 온 기적, 내게는 그것이 코우였다.

떨어지고 싶지 않다고, 이대로 시간이 멈췄으면 좋겠다고 생각하면서, 흘러가는 시간을 소중히 여기고 싶다고도 생각했다.

그건, 코우가 그러기를 바란다고 느꼈으니까.

언제까지나 사리 분별을 못 하는 어린애로 있을 수는 없다. 우리의 시간은 확실하게 흐르고, 어찌할 도리 없는 운명조차도 받아들여야만 하는 때가 있는 것임을 나는 오늘 처음으로 알게 됐다.

"코우는 어째서 교토에 오게 된 걸까……."

어슴푸레하니 푸르스름한 보름달을 보면서 나는 불쑥 중얼거렸다.

"아름다운 세계를 보고 싶다고 강하게 바랐기 때문일 거야."

"아름다운 세계? 어째서?"

코우가 아름다운 세계를 바랐고 그 장소로 교토가 선택되었다는 건 무척 기쁜 일이지만, 이 마을이 선택되었다는 건 내게 있어서는 슬픈 사실이 될 것 같았기 때문이다.

"내가 사는 세계는 이 세계보다도 여러 가지로 발전되어 있어. 의학도 과학도 진화했지만, 그와 동시에 녹음이 우거진 숲이나 푸른 바다도 사라져서 그곳에 사는 생물과 동물도 전부 멸종했어. 문화도 역사도 전부 인간이 부숴버린 슬픈 세계야…….

그 거리에서는 사람은 아름다움을 필요로 하지 않게 되고, 선명한 색깔을 추구하는 사람도 사라져서, 지금은 대부분의 색채가 사라졌어."

"……."

"평행 세계에는 아름다운 세계가 존재한다고 들어서 말이야. 그렇다면 나는 그 세계를 보고 싶다고 강하게 생각했어. 가장 아름다운 마을로 가고 싶다고 바랐을 때, 푸른 빛의 길이 보였던 거야."

"……."

"나는 이곳에 와서 색채가 선명한 마을과 계속 지켜져 온 아름다운 문화, 그리고 인간다우면서 귀여운 너와 만날 수 있었어."

"……."

"행복한 체험이었어."

코우의 목소리는 또렷하게 들리는데, 때때로 그의 모습이 안개 속에 갇힌 것처럼 흐릿하게 보인다.

밤하늘을 올려다보자 푸른 달에 희미하게 그림자가 져서, 색깔이 연해지기 시작하고 있었다.

우리가 이별하게 될 시간이 다가오고 있다.

구름이 흘러가 푸른 달이 얼굴을 내민다. 다시 코우가

또렷하게 보였다.

나는 그 자리에서 일어나 현관 앞에 놓아뒀던 두 개의 미니 등롱과 펜을 들고 코우 곁으로 돌아갔다.

코우가 만든 수국 색깔 미니 등롱을 든 채, 내가 만든 벚꽃 색깔 미니 등롱을 코우에게 건넸다.

"반대잖아?"

"응. 코우가 만든 등롱에 쓰고 싶은 게 있어서. 괜찮을까?"

"괜찮은데, 뭘 쓰려고?"

"코우의 이름."

"어?"

"교토에서는 말이야, 8월에 지장분(地藏盆)이라는 축제가 있어. 그건 어린아이들의 행복을 바라는 축제라서 말이야. 등롱에 이름을 써서 기도하면 등롱이 아이들과 지장보살님을 잇는 다리가 되어서 어린아이가 보호를 받게 된다고 전해져."

"……어린애라고 할 수 있는 나이야?"

코우는 그렇게 말하면서 쓴웃음을 지었다.

"이 세계에서는 19살은 미성년이야. 아직 어린애라구. 그러니까, 나는 소원을 빌 거야."

"……."

"코우가 어딜 가든. 무엇을 하든."

"……."

"코우가 언제까지나 행복하기를, 이라고."

그 말만 하고 나는 등롱에 붓펜으로 글씨를 썼다.

전통지 한가운데에 적힌 '코우'라는 글자가 희미하게 번져 보인다.

그것이 전통지에 녹아들어 천천히 퍼져 가는 먹물 때문인지, 눈가를 뜨겁게 적시는 눈물 때문인지 나는 알 수 없었다.

하지만, 이렇게 하고 싶었다.

코우가 저쪽 세계로 돌아가더라도, 꼭 행복하기를.

떨어져 있어도, 쭉. 나는 언제까지나 그의 행복을 기원할 것이다.

눈물이 뚝 떨어졌다.

등롱의 전통지에 눈물이 번졌고,

"미안!"

사과하며 고개를 들었다.

"아."

눈앞에 내밀어져 있던 것을 알아차리고 짧게 목소리를

높였다.

그건, 벚꽃 색깔 등롱이었다.

그 등롱 한가운데에는 '아카리'라고 적혀 있다.

"나도, 떨어져 있어도, 언제까지나 아카리의 행복을 바라고 있을게."

코우의 말에 뜨거운 눈물이 왈칵 넘쳐흘렀다. 멈추는 방법 같은 건 알 수 없었다.

코우는 길고 또 길어도 마르지 않는 우물처럼 계속해서 흐르는 나의 눈물을 손가락으로 닦아 낸 뒤, 내 얼굴을 양손으로 감싸고는 올곧은 시선을 보냈다.

"고마워. 정말 좋아했어."

"……나도."

입술 끝을 올리며 미소 짓는 그의 얼굴이 보였다 싶더니만, 코우의 입술이 천천히 내려와 내게 키스했다.

지금까지 맛본 적 없는 행복감.

잠시 후, 살며시 입술이 떨어졌다. 눈을 떴지만 시야는 새까맸다.

커다란 손바닥이 내 눈을 덮고 있다.

코우의 커다란 손바닥에 닿을 수 있다는 사실을 기쁘게 생각하면서도, 손바닥에서 전해지는 체온조차 느끼기 힘들어졌다는 사실에 가슴이 아파졌다.

그는 사라져 가는 자신의 모습을 보여주지 않도록 하고 싶은 걸까.

“내가 원래 세계로 돌아가면, 너희의 기억에서 나에 관한 건 전부 지워져.”

“…….”

“그러니까, 안심해.”

“안심이라니 뭘? 나는 쭉 기억하고 싶어.”

나, 처음으로 남을 좋아하게 되었단 말이야.

목소리는 귀에 닿는 게 아니라, 뇌로 느껴졌다.

그의 커다란 손바닥이 내 눈물로 가득해진다.

기억하고 싶다. 언제까지나. 코우를…….

“괜찮아.”

톡, 하고 이마에 닿은 것은 그의 이마라고 생각했다.

그의 몸도 떨리고 있었고, 낮은 목소리는 갈라져 있었다.

“4%로 이루어진 이 세계 속에, 나 자신을 복제한 것 같은 또 한 명의 내가 있어.”

“…….”

“만약 이쪽 세계에 또 한 명의 내가 있다면, 반드시 너를 찾아낼게…….”

눈꺼풀에 닿는 손바닥의 감각이 사라졌다.

시야가 트이고 보이게 되는 광경에, 그는 이미 없었다.

밤하늘을 파랗게 꾸미고 있던 보름달은 푸른색에서 흰색으로 바뀌어, 익숙한 풍경만이 펼쳐질 뿐이었다.

나는 그 자리에서 무너져 내리는 것처럼 울었다.

울고 또 울고, 계속해서 울었다.

에필로그

"아카리, 준비됐어?"

"응. 고마워."

빠져 버린 과거와 잊어버리고 만 사랑이 있다.

25살, 결혼식 직전에 교토로 돌아온 나는 푸른 달이 뜬 7월의 밤에 불가사의한 체험을 했다.

그 체험은 지금에 와서는 꿈만 같은 추억으로.

어디서부터가 현실이고, 어디서부터가 꿈인지 나는 알 수 없었다.

하지만 꿔야만 하는 꿈이었다고 지금은 생각한다.

"많은 신세를 졌습니다. 그럼, 다음은……."

"결혼식… 이려나……."

"결혼식, 기대하고 있을게. 일이 힘들겠지만, 몸 건강에 신경 쓰렴."

"네. 감사합니다."

아빠와 엄마의 목소리에 뒤이어 내 옆에 선 카나데는,

"꼭, 아카리를 행복하게 만들겠습니다."

깊숙이 고개를 숙였다.

그런 그를 보고 나도 따라서 머리를 숙였다.

여름이 끝나면 혼자서 도쿄로 돌아갈 생각이었다.

하지만 카나데는 날 마중하러 와 주었다.

내 낌새가 이상해서 걱정되었다며 괴로운 듯이 쓴웃음을 지으면서.

"그럼 갈까."

"응……."

우리는 여행용 가방을 한 손에 쥐고 교토의 마을을 걷기 시작했다.

눈부실 정도의 태양이 돌바닥 길을 비추고 있다. 녹색 버드나무가 바람에 흔들려 오래된 목조 건축물에 정취를 더한다. 눈앞에서 작은 새가 날개를 펼치고 하늘로 날아올랐다.

구름 한 점 없는 하늘에 한 마리 새의 모습. 푸른 하늘이 끝없이 이어지고 있었다.

"나, 언젠가는 교토로 돌아오고 싶어."

"그렇게 생각할 수 있게 된 거야?"

"응. 이제 이 마을을 봐도 울지 않아."

기억은 사라져도 내 몸속에 있는 세포 하나하나는 분명 코우를 기억하고 있었던 것이다.

교토의 어느 장소에 가더라도 내 속에 사는 작은 '내'가 코우를 만나고 싶다며 울어서, 나는 이 마을에서 살 수가 없게 됐다.

교토는 나의 첫사랑이 잠든 장소였다.

푸른 달이 떴던 밤이 내게 보여준 꿈같은 기적은 모든 나를 받아들이고 나아갈 용기를 안겨 주었다.

시간이 지나면 분명히 이 기억도 언젠가는 사라져서 없어질 것이다.

하지만 나의 세포는 이제 울지 않는다.

처음으로 사랑을 했던 기억을 봉인하는 게 아니라, 제대로 된 추억으로 삼을 수 있었기 때문이다.

그러기 위해서, 푸른 달은 나를 이끌어 주었던 것일지도 모른다.

"한동안 저쪽에서 열심히 하면, 이쪽 부서로 오는 것도 가능할 테니까."

"응."

"그때는 아름다운 이 마을에서 같이 살자."

"응!"

아플 정도로 괴로워졌던 가슴 안쪽도, 욱신거릴 정도로 사랑스러운 추억도 지금은 전부 과거의 것.

나는, 이 세계에서 행복해질 것이다.

"카나데는 말이야, 어째서 날 좋아하게 됐어?"

"뭐야? 갑자기."

"으음-. 들은 적이 없구나 싶어서."

"그거, 지금 말해야만 하는 거야?"

"평소에는 말해 주지 않으니까. 결혼하기 전 정도라면 괜찮잖아. 듣고 싶어."

"……알았어."

카나데는 포기한 듯이 중얼거렸다.

말을 고르는 그의 시선 움직임에 맞추는 것처럼, 나도 살며시 시선을 내렸다.

시야에 비치는 건 삼베 재킷에 청바지, 발에는 가죽 단화.

처음 만났을 때는 스니커즈였다. 카나데는 언제나 일정

한 메이커의 스니커즈를 신고 있었다. 옷도, 신발도, 훨씬 가벼운 차림이었다.

어른이 된 그를 눈에 새겨 두고 싶어서 살며시 고개를 들었다.

어른이 되었을 터인 카나데에게서, 학생 시절의 그가 겹쳐 보인 듯한 느낌이 들었다.

"나는 말이야, 왠지 모르겠지만…… 줄곧, 색깔이 없는 세상에서 살고 있었던 느낌이 들어. 색이 보이기는 하지만, 사실은 보이지 않는…… 그런 세상 속에서 살고 있었어."

"……."

"하지만 아카리는 다르잖아? 나한테는 보이지 않는 색이 보여. 색의 아름다움을 알고 있어. 아카리는 무척 인간답고, 따뜻해. 그런 아카리 곁에 있고 싶다고 생각했어……. 그리고……."

"……그리고?"

나는 드물게 말문이 막힌 카나데에게 되물었다.

"이 말을 하면, 이상하게 생각할 것 같지만."

"뭔데? 듣고 싶어."

오늘은 카나데의 마음을 전부 들려줬으면 좋겠다.

"처음, 아카리를 봤을 때……."

거기까지 듣고, 나는 분명하게 떠올렸다.

벚꽃 꽃잎이 하늘하늘 흩날리는 대학 캠퍼스에서, 처음으로 카나데와 만났던 때의 일이었다.

봉긋하게 솟아올라 약간 높은 산 같은 잔디 위에 서 있는 내게, 당신이 말을 걸며 했던 대사.

그래, 카나데는 나를 보고—.

나도 카나데를 보고—.

"내 세포가—."

나의 세포가—.

—'찾았다'라고, 말했어.

– 끝 –

너와 만날 수 있었던 4%의 기적

초판 1쇄 | 2019년 5월 23일
초판 12쇄 | 2024년 6월 19일

지은이 히로세 미이 | **옮긴이** 주승현
펴낸이 서인석 | **펴낸곳** 제우미디어 | **출판등록** 제 3-429호
등록일자 1992년 8월 17일 | **주소** 서울시 마포구 독막로 76-1 한주빌딩 5층
전화 02-3142-6845 | **팩스** 02-3142-0075 | **홈페이지** www.jeumedia.com

ISBN 978-89-5952-793-9
*파본은 구입하신 서점에서 교환해 드립니다.

제우미디어 네이버포스트 post.naver.com/jeumediablog
제우미디어 페이스북 facebook.com/jeumedia
제우미디어 트위터 twitter.com/Jeumedia

만든 사람들
출판사업부 총괄 손대현 | **편집장** 전태준
책임편집 박건우 | **기획** 홍지영, 장윤선, 안재욱, 조병준, 성건우, 서민성, 오사랑
디자인 총괄 크리에이티브그룹 디헌 | **제작, 영업** 김금남, 권혁진